KB270646

삶에 대한 해답은 멀리 있지 않습니다.

바로 당신 가까이에 있습니다.

행복한 인생을 꿈꾸는

______________ 님께

작지만 따스한 울림을 전해 드립니다.

삶의 위로가 되는 향기 나는 한마디

인생은 아름다워

삶의 위로가 되는 향기 나는 한마디
인생은 아름다워

초판 1쇄 발행 2010년 10월 25일
초판 1쇄 인쇄 2010년 10월 7일

펴낸이 백운철 | **펴낸곳** 북플래너
편집 이병란 | **영업 마케팅** 홍순형 · 이용호 | **관리** 황현주

등록번호 제21-493호 | **등록일자** 1993년 10월 6일
주소 서울시 서초구 서초3동 1550-6번지 태림빌딩 6층(137-873)
전화 (02)3472-2040 | **팩스** (02)3472-2041 | **이메일** dongdowon@paran.com
홈페이지 www.bookplanner.co.kr
ISBN 978-89-91028-21-0 (03810)
ⓒ 도서출판 북플래너 2010, Printed in Korea

*잘못 만들어진 책은 바꾸어 드립니다.

삶의 위로가 되는 향기 나는 한마디

인생은 아름다워

세상에서 가장 중요한 것

세상에서 가장 중요한 일은 어떻게 하면 자기가 완전히 자기 자신의 주인이 될 수 있는지를 아는 것이다.

세상에서 가장 중요한 것은 어떻게 하면 내가 진정 나다와질 수 있는가를 아는 일이다.

인생의 가치는 삶의 길이에 있지 않고 그 삶을 무엇으로 채웠느냐에 있다. 아무리 오래 살아도 인생에서 그 가치를 얻지 못할 수도 있다.

우리가 인생에서 가치를 발견하느냐 못하느냐는 세월이나 나이가 아니라 오직 자신에게 달려 있다.

몽테뉴

자신을 믿어라

자신을 믿어라!
자신의 능력을 신뢰하라!
자기 자신에 대한 확신이 없다면 성공할 수도 행복해질 수
도 없다.

 노만 빈센트 필

자신이 가능하다고 생각하는 것보다 더 많은 것을 할 수 있는 사
람은 없다. 성공은 '할 수 있다' 라고 말하는 자에게 찾아오고 실
패는 '할 수 없다' 라고 말하는 자를 찾아온다. 그 누가 믿어주지
않아도 챔피언은 자기 자신을 믿는다.

인생을 바꾸는 말 '오늘'

삶에서 가장 파괴적인 단어는 '내일' 이란 단어다. '내일' 이란 단어를 자주 사용하는 사람들은 가난하고 불행하며 무슨 일이든 실패한다. 이런 사람들은 종종 "내일부터 투자를 시작" 하겠다고 말한다. 또는 "내일부터 운동과 살빼기"를 시작하겠다고 말한다.

오늘은 '승자' 들의 단어이고, 내일은 '패자' 들의 단어이다. 당신의 인생을 바꾸는 말은 '오늘' 이라는 단어다.

로버트 기요사키

오늘 당신은
당신의 목표를 향해
무슨 일을 했는가?
브라이언 트레이시

절대 포기하지 않기

절대 포기하지 말라.

만약 당신이 무언가 되고 싶다면 그에 대해 자부심을 가져라.

스스로에게 기회를 주어라.

스스로를 형편없다고 생각하지 말라.

그래봐야 얻을 것은 아무것도 없다.

목표를 높이 세워라.

인생은 그렇게 살아야 한다.

마이크 맥라렌

시간은 기다려 주지 않는다

시간이 항상 당신을 기다리고 있다고 생각하면 오산이다. 천천히 걸어도 언젠가 목적지에 도달할 것이라고 생각하는 것은 너무 안이하다. 하루하루 최선을 다하지 않고는 그 날의 보람은 없을 것이며 당신의 목표에는 결코 도달할 수 없을 것이다.

괴테

시간의 걸음걸이에는 세 가지가 있다. 미래는 주저하면서 다가오고, 현재는 화살처럼 날아가며, 과거는 영원히 멈춰 있다.

F. 실러

긍정의 힘

희망은 가졌으나 실제로는 아무것에도 손을 대지 못하는 사람이 있다. 그 일을 달성하기까지의 고난이나 어려움에 미리 겁을 먹기 때문이다. 그럴 때는 자기 자신에게 이렇게 물어보라.

"나는 왜 실현 가능한 긍정적인 면은 생각하지 않고 어려운 점만 생각하는 것일까?"

고난이나 시련의 부정적인 면보다 긍정적인 면을 먼저 생각하자. 그리고 희망하는 일들을 하나하나 이루어 나가자.

— 노만 빈센트 필

생각하기 나름

행복한 일을 생각하면 행복해진다. 애처로운 일을 생각하면 애처로워진다. 무서운 것을 생각하면 무서워진다. 아프다고 생각하면 병에 걸리고 만다. 실패를 생각하면 꼭 실패한다. 자기를 모르고 갈팡질팡하면 사람들로부터 콧등을 꼬집힌다.

이 세상은 흥미 있는 일들로 가득하다. 이런 멋진 세상에서 덧없이 인생을 보내는 것은 안타까운 일이다. 다가올 미래를 걱정하거나 먼 곳에 보이지 않는 희망을 꿈꾸지 말고 행복한 현재를 상상하라.

데일 카네기

천천히 느린 삶

서두르지 말고 작은 이익에 한눈팔지 마라. 서두르면 달성하지 못하고 작은 이익에 한눈팔면 큰일을 이루지 못한다. 천천히 가는 것을 두려워 말고, 멈추는 것을 두려워하라.

논어

일만 하고 휴식을 모르는 사람은 마치 브레이크 없는 자동차 같다. 때때로 멀리 떠나 약간의 휴식을 취해보는 것은 어떨까. 다시 일터로 돌아왔을 때 모든 것이 보다 확실해질 것이다. 끊임없이 일만 하는 것은 오히려 나의 모든 감각을 흐리게 만든다.

열정을 피우는 꽃 1

1월

군자란 : 고귀(1일)

아나니스 : 미래를 즐긴다, 만족(4일)

비파 : 현명(6일)

시클라멘(적색) : 상냥한 마음의 소유자(8일)

크로커스 : 믿는 기쁨(14일)

명자나무 : 열정(20일)

매화 : 깨끗한 마음(26일)

삼나무 : 견고(28일)

딱총나무 : 열심(29일)

진저 : 신뢰(31일)

상상력을 펼쳐라

지식보다 중요한 것은 상상력이다. 지식에는 한계가 있지만 상상력은 세상 모든 것을 끌어안는다. 논리학은 당신을 A에서 B로 이끌 것이다. 하지만 상상력은 당신을 어느 곳이든 날 수 있도록 도와줄 것이다. 인간은 늘 새로운 것을 생각하지 않으면 인형처럼 되어 버린다.

~ 아인슈타인

상상력은 부자들의 비밀 창고이다. 천재들의 중요한 특징은 완벽함이 아니라 새로운 것을 개척하는 상상력이다. 훌륭한 많은 것들은 자유로운 상태에서 열심히 노력한 사람들에 의해 만들어진 열매이다. 상상력은 당신에게 기회를 줄 것이고 당신에게 무한한 힘을 줄 것이다.

사람을 얻는 방법

항상 밝은 소식을 전하는 사람이 되어라. 좋은 소식을 찾아내 알려주는 것은 유용한 삶의 기술이다. 남의 나쁜 점을 들추어 비웃기보다는 좋은 점을 찾아내 칭찬하는 이에게 많은 사람들이 몰려들기 마련이다.

반대로 나쁜 소식만 전하는 사람, 심지어 본인이 없는 자리에서 험담을 일삼는 사람은 얼마 못 가 사람들로부터 따돌림을 받게 된다. 함께 있는 사람에 따라 험담의 내용이 달라진다는 것을 모두가 눈치 채기 때문이다.

발타자르 그라시안

열정을 품어라

열정적으로 일하지 않는 사람은 스스로를 돌이켜봐야 한다. 이는 무엇인가 잘못되어 가고 있다는 증거이다. 자기 자신과 싸워라. 저절로 열정이 생기는 사람은 아무도 없다. 행동, 희망, 노력, 전망과 더불어 열정을 키워라.
열정을 잃었다면 그것은 자기 잘못이다. 매시간 자신의 열정을 새롭게 다져라.

패리루스

마음가짐으로 달라지는 세상

모든 일은 마음이 근본이다.

마음에서 나와 마음으로 이루어진다.

나쁜 마음을 품고 말하거나 행동하면

괴로움이 뒤따른다.

수레바퀴가 소의 발자국을 따르듯

모든 일은 마음이 근본이다.

마음에서 나와 마음으로 이루어진다.

맑고 순수한 마음을 가지고 말하거나 행동하면

기쁨이 뒤따른다.

그림자가 그 주인을 따르듯이

법구경

향기가 나는 말

이야기에는 단순한 언어 이외에 중요한 무엇인가가 있다. 그것은 이야기에 따르는 향기이다. 당신이 어떤 이야기를 하느냐 보다 어떻게 이야기를 하는가가 더 중요하다.

데일 카네기

맑은 마음의 목소리이다.
공자
맑은 마음의 목소리이다.

포기가 가장 쉽다

누구나 성공을 이루기 전에 수많은 패배와 수만 번의 실패를 겪는다. 패배가 찾아왔을 때 가장 논리적이고도 쉽게 할 수 있는 것은 포기이다. 그것이 바로 대부분의 사람들이 행하는 방법이다. 그리고 그것이 바로 대다수의 사람들이 평범한 사람으로 남는 이유이다.

 나폴레옹 힐

포기하는 법을 배우는 순간, 그것은 습관이 된다.

실패는 성공의 씨앗이다

농구를 하는 동안 나는 9,000번 이상 슛을 놓쳤고 300번 가까이 패배를 맛봤다. 심지어 승패를 결정짓는 슛을 놓친 적도 26번이나 된다.
나는 인생에서 수없이 많은 실패를 반복했다. 바로 그것이 내가 성공한 이유이다.

 마이클 조던

강하게 떨어질수록 더 높이 튀어 오른다.

행복의 비결

행복의 한 쪽 문이 닫히면 다른 쪽 문이 열린다. 그러나 흔히 우리는 닫힌 문을 오랫동안 보기 때문에 우리를 위해 열려 있는 문을 보지 못한다.

～ 헬렌 켈러

자신이 행복해지길 바란다면 쉽게 이루어질 수 있다. 그러나 우리는 남들보다 행복해지길 바라지만 쉽게 이루지 못한다. 항상 남들이 나보다 더 행복하다고 생각하기 때문이다.

～ 몽테스키외

현명하게 처신하는 9가지 방법

첫째, 보는 데 편견이나 욕심을 버려라.

둘째, 듣는 데 편견이나 빠뜨림 없이 들어라.

셋째, 얼굴 표정을 단정히 하라.

넷째, 몸의 자세를 바르게 하라.

다섯째, 말은 진실 되게 하고 신의가 있도록 하라.

여섯째, 일을 할 때는 겸손하라.

일곱째, 의심나는 것은 조용히 묻고 꼭 알도록 하라.

여덟째, 화가 날 때는 이성으로 억제하라.

아홉째, 재물을 보거든 의로운 것만 취하라.

— 율곡 이이

나는 할 수 있다

매일 아침 잠자리에서 일어나기 전에 가장 먼저 해야 할
일이 있다.
"나는 할 수 있어."라고 크게 세 번 외치는 것이다.

나는 할 수 있어.
나는 할 수 있어.
나는 할 수 있어.

가진 것이 없다

그는 세상에서 아무것도 가진 것이 없다.
그렇다고 무소유를 걱정하지도 않는다.
그는 모든 사물에 이끌리지도 않는다.
그는 아무것에도 머무르지 않고 사랑하거나
미워하지도 않는다.

슬픔도 인색함도 그를 더럽히지 못한다.
마치 연꽃에 진흙이 묻지 않는 것처럼
그는 참으로 '평온한 사람' 이다.

숫타니파타

실행에 옮겨라

일단 실행에 옮기면 무슨 생각을 하든 어떤 두려움을 느끼던 중요치 않다. 실행 그 자체가 바로 중요하고도 유일한 것이다. 최소한 생의 마지막 순간에 삶을 되돌아보며 이렇게 후회하지는 않을 것이다.
"좀 더 많은 것들을 실행에 옮겼더라면 좋았을 걸."

다이애나 폰 벨라네츠 벤트위스

늘 준비된 사람

어떤 왕이 신하들을 위해 잔치를 베풀 예정이었다. 그러나 잔치가 열리는 시간은 알려주지 않았다. 현명한 신하는 잔치에 언제든 참석할 수 있도록 모든 준비를 하고 대궐 앞에서 왕의 초대를 기다리고 있었다. 그러나 어리석은 신하는 잔치를 준비하려면 시간이 오래 걸릴 테니 시간이 충분하다고 생각하고 여유를 부렸다.

막상 궁궐에서 잔치가 열리자 현명한 신하는 바로 참석하여 왕이 베푼 맛있는 음식을 즐길 수 있었지만 어리석은 신하는 잔치에 참석할 시간조차 없었다.

탈무드

사랑은 완벽할 필요가 없다

사랑은 그 대가가 클 수 있지만 사랑하지 않는다면 항상 더 많은 대가를 치르게 된다. 더욱이 사랑을 두려워하는 사람은 사랑의 결핍이 삶의 기쁨을 잃게 하는 텅 빈 것임을 깨닫게 된다.

누군가를 사랑한다는 것은 그들이 자신의 모습을 되찾을 수 있도록 돕는다는 뜻이다. 비록 변함이 없고 자신이 바라던 그들의 존재와 다를지라도……

멀 샤인

열정을 피우는 꽃 2

2월

철쭉 : 정열, 명예(1일)

사프란 : 즐거움, 지나간 행복(3일)

애크메아 : 만족(5일)

레몬 : 정절(8일)

남천 : 전화위복(16일)

설악초 : 환영, 축복(19일)

동백 : 겸손한 아름다움(22일)

산사나무 : 희망(24일)

산수유 : 지속, 불변(26일)

배움을 게을리 하지 말라

사람이 배우지 않는 것은 아무런 재주도 없이 하늘에 오르려는 것과 같다. 배워서 지혜가 깊어지면 하늘을 덮은 구름을 헤치고 푸른 하늘을 보는 것과 같고 높은 산에 올라 온 세상을 바라보는 것과 같다.

～ 장자

비록 집이 가난할지라도 이로 인해 배움을 그만두어서는 안 되고, 비록 집이 부유하더라도 이를 믿고 배움을 게을리 해서는 안 된다. 가난한 사람도 부지런히 배우면 성공할 수 있으며, 부유한 사람이 부지런히 배우면 그 명예가 더욱 빛날 것이다.

～ 주문공

성공은 쉽게 이루어지지 않는다

다이아몬드가 빛나는 이유는 장인이 숙련된 손길로 끊임 없이 다듬었기 때문이다. 세상의 모든 아름다운 것에는 빛나는 기술과 엄청난 노력이 담겨 있다. 사람의 완벽함 또한 마찬가지이다. 본래 사람은 교육과 엄한 가르침을 통해 지혜로운 존재가 되는 것이다. 태어났을 때의 모습 그대로는 위대한 사람이 될 수 없다. 목표를 세우고 그것을 이루기 위해 몸과 마음을 다하라. 성공을 위해서 노력하는 것이 자신을 가장 완벽하게 갈고 닦는 길이다.

발타자르 그라시안

끝없이 앞으로 나가기

끝없이 전진하기 위해서는

자신이 가치 있다고 믿어야 한다.

그리고 많은 것을 받아들여야 한다.

또한 자신이 큰일을 할 수 있다고 믿어야 한다.

그러면 당신의 계획은 실현될 것이다.

누구든 자신의 마음을 믿는다면

그 마음이 성취를 도울 것이다.

나폴레옹 힐

풍요로움이란

무릇 사람이란 여유가 있으면 남에게 양보하지만 부족하면 서로 다투는 경우가 많다. 양보하는 곳에서는 예의가 있고 다투는 곳에서는 폭력이 일기 마련이다.

문을 두드리고 물을 청할 때 주지 않는 사람이 없는 것은 물이 많이 있는 까닭이다. 산 속에서 나무를 팔지 않고 연못에서 고기를 팔지 않는 것은 나무나 고기가 남아돌기 때문이다.

이렇듯 물질이 풍부하면 욕심도 가라앉고 욕구를 충족시키면 다투는 일도 없게 된다.

회남자

내 인생에서 가장 행복한 날

내 인생에서 가장 행복한 날은 언제인가.

바로 오늘이다.

내 삶에서 절정의 날은 언제인가.

바로 오늘이다.

내 생애에서 가장 소중한 날은 언제인가

바로 오늘, '지금 여기' 이다.

어제는 지나간 오늘이요.

내일은 다가오는 오늘이다.

그러므로 '오늘' 하루하루를 이 삶의 전부로

느끼며 살아야 한다.

〜 벽암록

행복의 조건

사람들은 자기가 행복하기를 바라기보다 남에게 행복하게 보이기를 원한다. 남에게 행복하게 보이려고 애쓰지만 않는다면 스스로 만족하기란 그리 힘든 일이 아니다. 남에게 행복하게 보이려는 허영심 때문에 자기 앞에 있는 진짜 행복을 놓치는 수가 참으로 많다.

＞〜 라로슈푸코

많은 사람들은 진정한 행복에 대해 잘못 생각하고 있다. 진정한 행복은 자기만족에서 얻어지는 것이 아니라 가치 있는 삶을 위해 진심어린 마음으로 행동함으로써 얻어지는 것이다.

＞〜 헬렌 켈러

왼손이 필요한 이유

인생을 아는 자는 고난 또한 기회라는 것을 안다.

 노만 빈센트 필

평소에 잘 쓰지 않는 왼손으로 일을 하면 서투른 것은 당연하며 늘 하는 행동조차 부자연스러울 수밖에 없다. 하지만 왼손을 사용하는 것이 더 나을 때도 있다. 예를 들어 말의 고삐를 잡으려면 채찍질을 해대는 오른손보다는 왼손이 나을 것이다.

고통은 좋은 약이다

나는 실망하지 않는다. 모든 잘못된 시도는 좀 더 앞으로 나아가기 위한 또 다른 발걸음이니까.

— 토마스 에디슨

인생에는 독특한 리듬이 있다. 음악을 들을 때마다 악상과 멜로디, 화음을 음미할 줄 알아야 한다. 인생의 음악은 각자가 작곡해 나가지 않으면 안 된다. 사람에 따라 불협화음이 점점 퍼져 나중에는 멜로디를 무시하거나 아예 파괴해 버릴 수도 있다. 그러나 어려움을 자연스럽게 받아들이고 극복할 수 있도록 노력하자.

인생 충고 10가지

첫째, 인생이란 원래 공평하지 못하다. 그런 현실에 대해 불평할 생각하지 말고 받아들여라.

둘째, 세상에 너희들한테 기대하는 것은 네 스스로 만족하다고 느끼기 전에 무엇인가를 성취해서 보여줄 것을 기다리고 있다.

셋째, 대학 교육을 받지 않은 상태에서 연봉 4만 달러가 될 것이라고는 상상도 하지 말라.

넷째, 학교 선생님이 까다롭다고 생각이 들거든 사회에 나가서 직장 상사의 진짜 까다로운 맛을 한 번 느껴보라.

다섯째, 햄버거 가게에서 일하는 것을 수치스럽게 생각하지 마라. 너희 할아버지는 그 일을 기회라고 생각했다.

여섯째, 네 인생을 내가 망치고 있으면서 부모 탓을 하지 마라. 불평만 일삼을 것이 아니라 잘못한 것에서 교훈을 얻어라.

일곱째, 학교는 승자와 패자를 뚜렷이 가리지 않을지 모른다. 그러나 사회는 이와 다르다는 것을 명심해라.

여덟째, 인생은 학기처럼 구분되어 있지도 않고 여름방학이라는 것은 아예 있지도 않다. 네가 스스로 알아서 하지 않으면 직장에서는 가르쳐 주지 않는다.

아홉째, TV는 현실이 아니다. 현실에서는 커피를 마셨으면 일을 시작하는 것이 옳다.

열, 공부밖에 할 줄 모르는 '바보' 한테 잘 보여라. 사회에 나온 다음에는 아마 '그 바보' 밑에서 일하게 될지도 모른다.

빌게이츠 「마운틴휘트니 고등학교 학생들에게」

내 자신이 부끄러울 때

흔히 사람들은 기회를 기다리고 있지만 기회는 기다리는 사람에게는 잡히지 않는 법이다. 우리는 기회를 기다리는 사람이 되기 전에 기회를 얻을 수 있는 실력을 갖추어야 한다.

성격이 모두 나와 같아지기를 바라지 말라. 매끈한 돌이나 거친 돌이나 다 제각기 쓸모가 있는 법이다. 남의 성격이 내 성격과 같아지기를 바라는 것은 어리석은 생각이다.

우리 가운데 인물이 없는 것은 인물이 되려고 마음먹고 힘쓰는 사람이 없기 때문이다. 인물이 없다고 한탄하는 그 사람이 인물이 될 공부를 하지 않는가.

안창호

내려놓음

물을 그릇에 가득 담아 들고 엎지르지 않으려고 애쓰느니
처음부터 그런 일을 하지 않는 것이 상책이다. 칼을 갈아
날카롭게 해두어도 그 상태로 오랫동안 보존하는 것은 쉽
지 않다. 재물이 집에 넘칠 만큼 많더라도 끝까지 지킬 수
없고 부귀영화가 대단해도 교만해져서 스스로 불행을 초
래할 것이다.
그러므로 공을 이루어 이름이 떨치면 이룬 자가 물러나는
것은 하늘의 도리이다.

노자

"나"라는 이름을 붙여라

가장 중요한 상품은 바로 자기 자신이다.

 F. 실러

매일 아침 자기 자신에게 격려의 말을 하는 것이 어리석은 짓일까? 아니다. 그것이야말로 진리이다. 감정이 상했을 때 어째서 이런 거지? 진짜 이유를 알아내어 다른 사람에게 똑같은 반응을 보이지 않도록 언제나 비관하지 말고 자신감을 가져야 한다. 자기 자신을 믿지 않는 것이 모든 실패의 원인이다. 힘이 있다고 확신하면 강한 힘이 솟아오르는 법이다.

나는 ______ 을/를 잘합니다.

나는 ______ 사람입니다.

나는 ______ 을/를 좋아합니다.

나는 항상 ______ 라고/이라고 말합니다.

인생에 실패란 없다

"난 못 해."라는 말은 아무것도 이루지 못하지만 "해볼 거야."라는 말은 기적을 만들어낸다. 100% 최선을 다하지 않는 것, 당신이 두려워해야 할 것은 단지 그뿐이다.

 조지 P. 번햄

뼈가 자라고 살이 단단해지면 몸은 튼튼해진다. 영웅은 이렇게 만들어지는 것이다. 패배를 두려워해서는 안 된다. 언제까지 핑계를 대고 포기한다면 결코 승리를 거머쥘 수 없다. 어떤 것은 일을 하면서 고통을 견디고 실패를 겪어야만 얻어지는 것이 있다. 무엇인가를 포기하는 것은 언제나 가장 마지막에 해야 할 일이다.

돌아갈 줄 아는 삶

세상은 죽은 사람을 돌아간 사람이라고 말한다. 죽은 사람을 돌아간 사람이라고 하는 말은 곧 살아 있는 사람은 길을 가는 사람이란 뜻이다.

길을 가는 사람이 돌아갈 줄 모른다면 이는 집을 잃고 방황하는 사람이다. 그런데 한 사람만이 집을 잃고 방황하면 온 세상이 그 사람을 그르다고 비난하겠지만, 온 세상 사람들이 집을 잃고 방황하고 있으면 아무도 그른 줄 모른다.

～ 안자

승자가 되려면

원형 경기장에서는 투사에게 신뢰감을 느끼게 된다. 그의
얼굴은 먼지와 땀으로 뒤덮여 있으며 용감하게 싸우면서
계속해서 넘어진다. 노력하면서 실수를 저지르지 않는 것
은 불가능하다.

영광스러운 승리를 경험하고 싶다면 비록 실패로 얼룩지
더라도 시도해야 한다. 별로 즐거워하거나 괴로워하지도
않는 불쌍한 이들과 함께 있는 것보다 훨씬 낫다. 그들은
성공도 실패도 없는 무의미한 삶을 살기 때문이다.

시어도어 루즈벨트

무엇을 남길 것인가

불의를 보거든 정의를 생각해 보고
위태로움을 보거든 의혐심을 갖도록 하라.

가난하되 아첨하지 않고
부유하되 교만하지 말라.

하루하루를 헛되이 보내지 말라.
청춘은 두 번 다시 오지 않는다.

안중근

중심에 서다

당신의 생각이 당신의 말이 되고

당신의 말이 당신의 행동이 되며

당신의 행동이 당신의 습관이 되고

당신의 습관이 당신의 품성이 되며

당신의 품성이 당신의 운명이 된다.

세상을 움직이려면 먼저 나 자신을 움직여야 한다.

소크라테스

자기 최면을 걸어라

불가능하다고 생각하면 그 어떤 것도 가능하지 않으며, 가능하다고 생각하면 그 어떤 것도 불가능하지 않다. 긍정적으로 생각하고 노력하라. 그러면 무엇이든 가능하다.

 토머스 J. 빌로드

실패했다고 해도 걱정하지 말라. 단지 성공에 이르지 않는 길을 하나 없앤 것뿐이다. 당신이 겪은 고통과 아픔은 당신에게 용기와 희망으로 각각의 새로운 상황을 맞으며 삶을 헤쳐 나갈 힘이 되어 줄 것이다.

세상을 살아가려면

신은 우리에게 성공을 요구하지 않습니다.
신은 다만 우리가 노력하기를 바라고 있습니다.
매순간 헛되게 살지 않으면 그만이지
다른 무엇이 필요하겠습니까?

생각할 시간을 가지고
기도할 시간을 가지며
웃을 시간을 가지세요.
그것은 영혼의 음악입니다.

바쁘고 성실하게 살면서 불행하기는 어렵습니다.
살아가면서 걸림돌에 놓이게 되면
그것은 신이 내려주신 선물이라고 생각하고,
그 안에 무엇이 들어 있는지 기쁜 마음으로 풀어보세요.

물질이 우리의 주인이 되었을 때
우리의 삶은 참으로 빈곤해집니다.
돈을 기부하는 것으로 만족해서는 안 됩니다.
사람들이 진정으로 필요로 하는 것은 사랑의 마음이기 때
문이죠.

친절한 말은 짧고 말하기도 쉽습니다.
그러나 그 메아리는 영원히 울려 퍼집니다.

자기를 좋아하는 사람도
자기를 필요로 하는 사람도 없다고 느낄 때
찾아오는 고독감은 빈곤 중에서도 가장 큰 빈곤입니다.

마더 테레사

몸과 마음을 바르게

입은 모든 재앙을 끌어들이는 문이다.
그러므로 반드시 엄하게 지켜야 한다.

몸은 모든 재앙의 원인이 된다.
그러므로 함부로 행동해서는 안 된다.

자주 날아다니는 새는 언젠가는 그물에 걸리는
화를 당하게 되고, 가볍게 날뛰는 짐승은
언젠가는 화살에 맞게 된다.
그러므로 함부로 행동하지 말라.

자경문

긍정의 습관

목표를 세우고 그것을 달성하는 습관만 가져도 반은 성공
한 것이나 다름없다. 아무리 하찮고 지루한 일이라도 그
모든 것이 꿈을 이루는 데 도움이 된다는 확신을 가지고
하루하루를 살아가면 가장 지겨운 일조차도 이겨낼 수 있
게 된다.

오그 만디노

삶의 질은 당신의 습관에 의해 결정된다. 부정적인 결과를 긍정
적인 보상으로 바꾸고 싶다면 지금 당장 습관을 바꿔보자.

행복을 부르는 방법

사람이 행복하냐 불행하냐 하는 것은 그 사람의 재산이나 명성, 직업이 결정하는 것이 아니다. 그러한 것을 받아들이는 방법이 문제이다. 예를 들어 같은 장소에서 같은 일을 하고 있는 두 사람이 있다고 하자. 둘 다 어느 정도 재산도 있고 사회적인 명성도 비슷하다고 한다. 그렇지만 한 사람은 행복하고 한 사람은 불행하다. 어째서일까? 그것은 마음가짐이 다르기 때문이다.

데일 카네기

미래는 꿈을 믿는 자들의 것이다

꿈을 꾸는 젊은이에게 가장 먼저 불을 지피는 성공의 첫 번째 비결은 위대한 꿈을 꾸는 것이다.

— 조너선 스위프트

우리의 꿈은 처음에는 불가능해 보이고 시간이 지나도 실현되지 않을 것처럼 보이지만 어느 순간 꼭 이루고자 하는 의지를 보이기 시작하면 반드시 이룰 수 있도록 변한다.

꿈을 꾸고 그것을 실현하기 위해 주저하지 않고 대가를 치르는 사람은 행복하다. 행복의 열쇠는 바로 꿈을 갖는 것이고 성공의 열쇠는 바로 그 꿈을 실현하는 것이다.

친구는 인생의 보물이다

참된 우정은 앞과 뒤가 다르지 않다.

앞은 장미로 보이고 뒤는 가시로 보이는 것이 아니다.

참다운 우정은 삶의 마지막 순간까지 변하지 않는 것이다.

🖎 뤼케르트

아무리 올바르게 말하고 행할지라도

그것으로 말미암아 친구의 마음을 아프게 하고

친구를 잃어버린다면 그만큼 어리석은 일은 없다!

🖎 호라티우스

자식이라는 이름으로

나의 부모를 사랑하는 사람은 감히 남을 미워하지 않고, 나의 부모를 공경하는 사람은 감히 남을 업신여기지 않는다. 요즘은 부모에게 물질로써 보살피는 것을 효도라고 한다. 그러나 개나 말도 입에 두고 먹이지 않는가.

여기에 공경하는 마음이 따르지 않는다면 무엇으로써 구별할 수 있겠는가.

부모의 나이는 반드시 기억하고 있어야 한다. 한편으로는 오래 사신 것을 기뻐하고 또 한편으로는 연세 많은 것을 걱정해야 한다.

공자

대화를 잘 하는 법

대화를 할 때 공감하지 못하는 사람은 상대가 말하고 있는
것이 무엇인지 생각하기보다는 자신이 무엇을 말할 것인
지에 더 신경을 쓰고 있기 때문이다. 사람들은 자신이 말
을 하고 싶을 때에는 절대로 귀 기울여 듣지 않는다.

　　　　　　　　　　　　　　　프랑스아 드 라 로슈푸코

훌륭한 대화란 자신의 대화 능력을 발휘하기보다는 상대
방에게서 재치 있는 대화를 이끌어내는 것이다. 자기 자신
에게 만족하는 사람은 친구를 떠나는 사람이고, 현명한 사
람은 상대방에게 만족한다.

　　　　　　　　　　　　　　　　장 드 라 브뤼예르

실천하지 않으면 소용없다

아무리 경전을 많이 외울지라도
이를 실천하지 않는 사람은
남의 소만 세고 있는 소몰이꾼일 뿐
참된 수행자의 대열에 들어설 수 없다.

경전을 조금밖에 외울 수 없더라도
진리대로 실천하면
욕망과 분노, 어리석음에서 벗어나
올바른 지혜와 해탈을 얻고
이 세상과 저 세상에 메이지 않는 이는
진실한 수행자의 대열에 들어설 수 있다.

법구경

20년 후 당신의 모습은

앞으로 20년 후에 당신은 저지른 일보다는 저지르지 않는 일에 대해 더 실망하게 될 것이다. 그러나 밧줄을 풀고 안전한 항구를 벗어나 항해를 떠나라. 돛에 순풍을 달고 탐험하고, 꿈꾸며, 발견하라.

마크 트웨인

우리에게 어떤 미래가 펼쳐질지는 우리가 미래를 위해 무엇을 하느냐에 달려 있다. 오늘의 이 고달픔이 내일의 큰 성공을 만든다. '만약에' 를 생각하는 사람이 아니라 '어떻게' 를 생각하는 사람이 되어야 한다.

윌리엄 E. 홀러

소박하고 검소하게

소박한 음식을 먹고 검소한 생활을 하는 사람은 마음이 맑
다. 호화롭고 사치스러운 생활을 유지하려면 대개는 윗사
람에게 자주 아첨하게 되고 그러다 보면 자신의 신념과 열
정을 잃어버리기 쉽다. 소박하고 담백한 생활은 자신의 신
념을 지킬 수 있게 하지만 좋은 옷과 진수성찬의 음식만
즐기는 생활은 굳은 의지를 잃게 만든다.

채근담

두려워 말고 꿈을 좇아라

두려움이 아니라 희망과 꿈의 조언을 구하라. 좌절에 대해 생각하지 말고 채워지지 않은 잠재력을 생각하라. 시도했다가 실패한 것에는 신경 쓰지 말고 여전히 남아 있는 가능한 것에 관심을 가져라.

교황 요한 23세

모든 것은 꿈에서 시작된다. 꿈 없이 가능한 일은 없다.
먼저 꿈을 가져라.
오랫동안 꿈을 그리는 사람은 마침내 그 꿈을 닮아간다.
우리 모두 현실주의자가 되자.
그러나 가슴속엔 불가능한 꿈을 가지자.

체 게바라

확실한 성공 계획

잠자리에 들기 전 하루를 마감하면서 다음 날 해야 할 가장 중요한 일 다섯 가지를 적어본다. 중요도에 따라 순서를 매기고 그대로 실천한다. 실행에 옮기지 않으면 그 어떤 계획도 아무 소용이 없다.

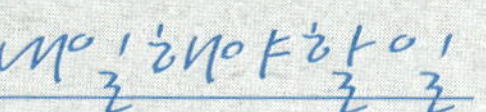

1 ----------

----

2 ----------

----

3 ----------

----

4 ----------

----

5 ----------

영원한 것은 없다

인생은 짧다.

그렇기 때문에 우리는 애태우고 착각에 빠진다.

우리는 이 세상에 사는 동안 삶의 열매를 따려고 하지만

사실은 그 열매가 익으려면

수천 년이 걸려야 한다.

～ 카로사

인생이란 걸어 다니는 그림자에 지나지 않는다.

다만 한동안 무대 위에서 광대 노릇을 하곤

이윽고 소문도 없이 비참히 사라지는

배우에 불과하다.

～ 셰익스피어

참된 말이란

참된 말이란 언제, 어느 때, 어느 곳에서든 조심스럽게 심사숙고한 뒤 입 밖으로 나오는 것이다. 당신이 무슨 말을 하든 그 말은 침묵보다 가치 있는 것이어야 한다.

— 아라비아 속담

말이란 그 사람의 인격을 밖으로 표현하는 가장 직접적인 행위이다. 말 한마디는 상대편에게 자신의 본 모습을 보여주는 것이다. 생각이 깊은 사람은 의미 없는 말을 꺼내지 않는다. 당신의 말 한마디가 의기소침한 사람에게는 의욕을 불어넣어 주고 믿음을 준다.

어디에서, 누군가가 지금쯤 당신의 따뜻한 말 한마디를 기다리고 있을지 모른다.

감사하라

이 세상 최초의 인간은 빵을 먹기 위해 얼마나 많은 일을 해야 했을까.

먼저 밭을 갈아 씨를 뿌리고 그것을 가꾸어 거두어서 곡물을 빻아 가루를 만든다. 그리고 반죽하고 굽는 등 여러 과정을 거치지 않고서는 빵을 먹을 수 없다.

이 세상 최초의 인간은 입을 옷을 하나 만들기 위해 얼마나 많은 일을 해야 했을까.

들에 나가 양을 사로잡고 그것을 키워 털을 깎고 그 털로 실을 만들어 옷감을 짜고 다시 옷을 지어 입기까지 많은 수고가 필요했다.

그러나 지금은 돈만 있으면 빵집에 가서 만들어 놓은 빵을 손쉽게 살 수 있고, 양복점에 가서 마음에 드는 옷을 골라 사 입을 수 있다.

옛날에는 한 사람이 해야만 했던 그 많은 일들을 여러 사람이 나누어 하고 있기 때문이다.

그러므로 빵을 먹을 때, 옷을 입을 때 많은 사람들에게 감사하는 마음을 잊어서는 안 된다.

탈무드

인생은 연속이다

인간은 나이를 먹으면서 자신은 이제 더 이상 헛된 꿈을 꾼다거나 결코 절망하는 일은 없을 거라고 믿는다. 그러나 오히려 인간은 나이를 먹음에 따라 자신의 정열, 감성, 상상력, 용기 등을 잃고 비겁한 인생관을 가지는 것인지도 모른다.

청년은 희망의 그림자를 가지지만 노인은 회상의 그림자를 가진다. 인생이란 뒤를 돌아보며 이해하고 앞을 보며 나아가는 것이다.

키르케코르

열정을 피우는 꽃 3

3월

갯버들 : 친절, 자유 (3일)

튤립 : 명예, 명성 (8일)

팬지 : 쾌활한 마음 (10일)

히아신스 : 마음의 기쁨, 승리 (14일)

벚꽃 : 정신의 아름다움 (25일)

프리뮬러 : 어린 시절의 희망 (30일)

실패 앞에 주저앉지 마라

성공은 끝이 아니며 실패는 치명적인 것이 아니다. 중요한
것은 계속하고자 하는 용기이다. 극복한 난관은 손에 넣은
기회이다.

비관주의자는 모든 기회에서 고난을 보고 낙관주의자는
모든 고난에서 기회를 본다.

성공은 열정을 그대로 유지한 채 하나의 실패에서 또 다른
실패로 옮겨가는 것이다.

끊임없이 노력하라!
체력이나 지능이 아니라 노력이야말로
잠재력의 자물쇠를 푸는 열쇠이다.

윈스턴 처칠

행운이 찾아오면

대부분의 경우 행운은 우리의 인생보다 생명이 짧다. 행운이 찾아왔을 때 그 행운을 천천히 누려라. 어차피 인생에서 행운의 시간은 짧고 불행의 시간은 길기 때문이다. 미래에 다가올 불행을 미리부터 겁먹고 지금 곁에 있는 행복을 누리지 못하는 어리석은 사람이 되지 말라. 한 번이라도 자신의 인생에서 시련을 겪었던 사람은 불만만 가득 가지고 있을 뿐 감사하는 마음은 별로 없다. 어리석은 사람일수록 마음속에는 불만만 가득한 법이다.

발타자르 그라시안

말과 행동의 일치

어느 날 여우 한 마리가 사냥꾼들에게 쫓기고 있었다. 여우는 마침 눈에 보이는 나무꾼에게 숨겨달라고 간청하였다. 나무꾼은 여우에게 자기 오두막으로 들어가라고 일러 주었다.

이내 사냥꾼들이 나무꾼에게로 달려와 여우가 이리로 지나가는 것을 보지 못했느냐고 물었다. 나무꾼은 못 보았다고 대답하면서 여우가 숨어 있는 쪽으로 손가락을 움직여 보였다. 그러나 사냥꾼들은 그의 말을 곧이듣고 나무꾼의 손짓을 무시하고 지나갔다.

사냥꾼들이 사라진 것을 확인한 후 여우는 오두막을 나와 말없이 그 자리를 떠났다. 나무꾼은 살려준 은혜에 고맙다는 말도 하지 않는 여우를 꾸짖었다.

그러자 여우가 말했다.

"만약 당신의 행동과 사람됨이 당신의 말과 같았다면 고
맙다는 인사를 했을 거예요."

～ 이솝우화

희망은 최대의 재산이다

이 세상에서 이루어지는 모든 것은 희망으로 이루어진다. 이익을 얻을 거란 희망 없이 장사를 시작할 수 있는 상인은 아무도 없다.

마터 루터

날마다 최선을 다하고 순수하고 유익한 삶의 절정에 닿을 수 있다고 마음을 다잡는 사람의 삶은 뜻밖의 격려로 끊임없이 충만할 수 있다.

부커 T. 워싱턴

세상을 보는 눈

거울이라는 것은 자기의 표면을 깨끗하게 지켜서 다른 물
건을 어떻게 비출까 하는 일은 생각하지 않는다. 아름다운
것이나 추한 것이나 그대로 비추고 있다. 사람도 이와 마
찬가지로 마음을 비우고 사물을 대해야 한다.

눈으로 보는 것만으로 사물을 판단할 수 있다고 생각하지
만 눈에 비치는 것은 그리 많지 않다. 그래서 견문과 학식
이 넓고 바르지 못하다. 눈에 비치지 않는 것까지도 꿰뚫
어보는 밝음이 필요하다.

한비자

내 안에 빛을 밝혀라

우리에게 있어서 가장 근본적인 것은 우리 자신 속에 빛을
가지려고 노력하는 것이다. 그러면 남들은 우리의 노력을
인정할 것이다. 만일 사람들이 그들 자신 속에 빛을 가진
다면 그들로부터 빛이 비춰 나올 것이다.
그러면 우리는 서로의 얼굴을 주먹으로 때리거나 서로의
마음을 괴롭히지 않고 어두운 암흑 속을 어떻게 걸어 다녀
야 할지 알게 될 것이다.

— 슈바이처

하게 하소서

저의 자식을 이러한 인간이 되게 하소서.

약할 때 자기를 잘 분별할 수 있는 힘과 두려울 때 자신을 잃지 않을 용기를 가지고, 정직한 패배에 부끄러워하지 않고 태연하며, 승리에 겸손하고 평온할 수 있는 사람이 되게 하소서.

그를 요행과 안락의 길로 인도하지 마시고 역경과 고통의 길에서 이겨낼 줄 알게 하시며, 폭풍우 속에서도 일어설 줄 알며 패한 자를 불쌍히 여길 줄 알게 하소서.

늘 마음을 깨끗이 하고 목표는 높게 하시고 남을 다스리기 전에 자신을 다스리게 하시며 미래를 향해 나아가되 동시에 과거를 잊지 않게 하소서.

그 위에 유머를 알게 하시어 인생을 엄숙히 살아가면서도 삶을 즐길 줄 아는 마음과 자기 자신을 너무 드러내지 않고 겸손함을 갖게 하소서.

또한 참으로 위대한 것은 소박한 데에 있다는 것과 참된
힘은 너그러움에 있다는 것을 항상 명심하도록 하소서.
그리하여 그의 아버지인 저는, 헛된 인생을 살지 않았노라
고 나직이 속삭이게 하소서.

　　　　　　　　　　　　　　　맥아더 장군의 기도

인연 만들기

제비는 여름에는 가까이 있지만 추운 겨울에는 멀리 달아나 버린다. 이처럼 거짓된 친구는 인생의 맑은 날에는 가까이 있지만 혹독한 겨울을 보면 곧 달아나 버린다.

키케로

위험을 느끼는 항구에는 아예 정박하지 않는 뱃사람처럼 관계를 맺을 때 늘 안전을 먼저 생각하고 친구를 택하는 사람을 벗으로 삼지 마라.

디오게네스

감미롭고 조용한 사색

감미롭고 조용한 생각 속에

지난 일들을 돌이켜 볼 때

없어진 많은 것들을 한탄하며

귀중한 시간의 손실을 새삼 슬퍼한다.

그러면 메말랐던 나의 눈은 또다시 젖는다.

죽음에 기한 없는 밤에 가려진 귀한 벗들을 위해

또한 오래 전에 쓰러진 사랑의 슬픔을 새로이 울게 되고

사라져 버린 많은 모습들을 아파하게 된다.

그러면 옛 슬픔을 다시 슬퍼하게 되고

아파했던 슬픈 사연을

무거운 마음으로 하나하나 따져본다.

마치 처음으로 그러는 듯

셰익스피어

멈추지 말라

나는 성공할 때까지 멈추지 않을 것이다.

언제나 다음 걸음을 내디딜 것이며

설령 그것이 헛되이 끝난다 해도

또 다음 걸음을 내딛을 것이다.

한 번에 한 걸음은 결코 어려운 일이 아니다.

작은 시도들이 모여 결국

일이 완성된다는 것을 나는 알고 있다.

～ 오그 만디노

멈춤을 두려워하고 열정으로 불타오르지 않으면 당신은 가차 없
이 당신의 자리를 내주어야 할 것이다.

한계란 없다

새로운 희망이 시작되고 있다는 희망을 믿어라.

당신의 꿈이 실현될 것임을 믿어라.

더 밝은 내일에 대한 약속을 믿어라.

당신 자신을 믿는 것으로 시작하라.

당신은 당신 운명의 건축가이고 당신 삶의 주인이며 당신 인생의 운전자이다. 당신이 할 수 있는 것, 가질 수 있는 것, 될 수 있는 것에 한계란 없다.

～～～ 브라이언 트레이시

해답은 자신에게 있다

쉬워 보이는 일도 해보면 어렵고, 못할 것 같은 일도 시작하면 이루어진다. 쉽다고 얕볼 것도 아니고 어렵다고 팔짱을 끼고 있을 것도 아니다.

— 채근담

당신이 내리는 선택이 당신의 인생을 만든다. 화살이 스스로 과녁을 찾아가는 일은 결코 없다. 활을 쏘는 이가 과녁으로 화살을 보내는 것이다.

운명은 차별하지 않는다

운명이란 외부에서 오는 것 같지만 알고 보면 자기 자신의 약한 마음, 게으른 마음, 성급한 버릇, 이런 것들이 결국 운명을 만든다. 어진 마음, 부지런한 습관, 이런 것들이 좋은 운명을 여는 열쇠이다.

운명은 사람을 차별하지 않는다. 우리들 스스로가 운명을 무겁게 짊어지기도 하고 가볍게 짊어지기도 할 뿐이다. 운명이 무거운 것이 아니라 나 자신이 약한 것이다. 내가 약하면 운명은 그만큼 무거워진다. 비겁한 자는 운명이라는 족쇄에 얽매이고 만다.

세네카

집착이 가져오는 것

자식이 있는 사람은 자식으로 인해 기뻐하고
소를 가진 사람은 소로 인해 기뻐한다.
사람들은 집착으로 기쁨을 삼는다.
그러므로 집착할 것이 없는 사람은 기뻐할 것도 없다.

자식이 있는 이는 자식으로 인해 근심하고
소를 가진 이는 소 때문에 걱정한다.
사람들이 집착하는 것은 마침내 근심이 되고
집착할 것이 없는 사람은 근심할 것도 없다.

숫타니파타

열정을 피우는 꽃 4

4월

개나리 : 희망(1일)

다알리아 : 감사, 우아(2일)

박태기나무 : 우정(12일)

꽃베고니아 : 친절, 정중(13일)

애크메아 : 만족(14일)

렉스베고니아 : 정중(19일)

초롱꽃 : 충실, 정의, 감사(29일)

결혼의 여섯 가지 요소

결혼은 여섯 가지 요소로 이루어져 있다고 한다. 하나는
'애정'이고 나머지 다섯 가지는 전부 '믿음'이다.
또 결혼은 처음 3주일간은 서로 관찰하고, 3개월간은 서로
미치도록 사랑하며, 그 다음 3년간은 서로 싸우면서 지내
고 마지막으로 30년간은 서로 용서하면서 보낸다고 한다.

 탈무드

부부란 둘의 반이 되는 것이 아니라 하나의 전체가 되는 것이다.

경험에서 배우다

사자, 나귀, 여우가 함께 사냥을 나섰다. 사냥감을 잔뜩 잡은 후 사자는 나귀에게 그것을 잘 분배해 놓으라고 말했다. 나귀는 사냥감을 똑같은 몫으로 나눠 놓고 사자보고 하나를 고르라고 말했다. 그러자 화가 난 사자는 나귀를 잡아먹고 말았다. 이번에는 여우에게 사냥감을 나눠보라고 일렀다. 여우는 거의 모든 사냥감을 한데 모아놓고 제 몫으로는 서너 점만 남긴 채 사자에게 고르라고 했다. 사자가 이렇게 나눠 갖는 법을 누가 가르쳐주었냐고 여우에게 물었다. 그러자

"나귀에게 일어난 일이지요."

하고 여우는 대답했다.

～ 이솝우화

칭찬을 아끼지 마라

남을 칭찬하는 말을 하기는 어렵지만 남을 헐뜯는 말을 하기는 쉽다. 하지만 일단 남을 칭찬하는 말을 하기 시작하면 어렵지 않게 남을 칭찬하는 말이 입에서 술술 나오게 된다.

칼의 예리한 면이 날카로운 상처를 남기듯, 신랄한 말 한마디가 사람의 마음에 깊은 상처를 입히는 법이다.

중국 속담

만족의 기쁨

만족을 알고 항상 만족하게 여기면 한평생 욕을 보지 않을 것이다. 그칠 때를 알고 그치면 한평생 부끄럽지 않을 것이다.

만족할 줄 아는 사람은 가난하고 천하여도 기쁨이 있고, 만족할 줄 모르는 사람은 부유하고 귀하여도 근심이 있다.

명심보감

흔들리지 않는 마음가짐

마음은 들떠 흔들리기 쉽고
지키기 어려우며 억제하기 어렵다.
지혜로운 사람은 마음 갖기를
활 만드는 사람이 화살을 곧게 하듯 한다.

마음이 안정되지 않고
바른 진리를 모르며
믿음이 흔들리는 사람에게
지혜는 완성될 길이 없다.

물에서 잡혀 나와
땅바닥에 던져진 물고기처럼
이 마음은 파닥거린다.

법구경

필요한 사람이 되라

지혜로운 사람은 고마운 존재가 되기보다는 필요한 존재
가 되고자 한다.

상대방이 당신에게 고마워하기보다 기대고 의지하게 만
들어라. 기대는 오랫동안 기억되지만 감사의 마음은 이내
사라지고 만다.

목마른 사람이 우물물로 목을 축이고 나면 자신의 갈 길을
가고 아무리 맛있는 과일도 알맹이를 먹고 나면 껍질은 쓰
레기통에 버려지듯이, 의지하는 마음이 사라지고 나면 더
이상 예의도 존경도 남아 있지 않게 된다.

～ 발타자르 그라시안

인생의 두 가지 길

인생이라는 것은 영원히 즐거운 일만 계속되는 피크닉 같은 것이 아니다. 빛과 그늘, 산과 골짜기의 명암이 엇갈리는 변화와 마주치는 여행이다. 불행이나 고통은 그것과 직접 마주치기 싫다고 해서 눈을 가리고 있으면 언젠가 없어지는 유령 같은 것은 아니다.

불행과 고통도 그것대로 없앨 수 없는 인생의 한 부분이다. 우리의 성공과 행복은 그것에 대한 우리의 태도와 밀접하게 맺어져 있는 것이다.

카네기

한숨 쉬어가기

느닷없이 어느 날 자기 자신이 못마땅하게 여겨지고, 남에게 짜증이 나며, 무엇 하나 제대로 마음에 드는 게 없을 때가 있다. 누구나 마찬가지이다.

기분이 나쁠 때에는 조급해 하지 말자. 열정과 힘은 도망가지 않는다. 나쁠 때 충분히 쉬어 놓으면 좋을 때에는 한층 더 좋아지는 법이다.

 괴테

힘들고 어려울 때는 일하는 만큼 휴식도 필요하다. 열심히 일한 사람만이 휴식의 달콤함을 즐길 줄 안다.

편견의 틀

처음부터 마음속에 의심을 품고 의심스러운 일을 풀려고
하면 그 어떤 결정도 타당한 것이 될 수 없다. 벌써 자신의
마음은 편견으로 모든 것을 정해 놓았기 때문이다.
사물을 판단하는 데는 먼저 자기 자신의 마음을 조용하게
가라앉힌 다음에야 비로소 바르게 판단할 수 있는 것이다.

— 순자

많은 사람들이 생각 중이라고 말한다. 그것은 아마도 그들의 편
견에 모든 것을 끼워 맞추기 위한 것에 불과하다.

세 가지 용기

마지막까지 결코 무시할 수 없는 것이 용기이다. 그것은
올바름의 용기, 확신을 갖는 용기, 꿰뚫어 보는 용기이다.
세상은 항상 용기 있는 사람을 모함하려 한다. 그러나 대
중의 고함에 맞서는 양심의 목소리가 있다. 그것은 역사만
큼 오랜 싸움이다. 어떠한 일이 있어도 용기를 잃어서는
안 된다.
용기는 역사를 이끌어간다.

～ 맥아더 장군

역할을 바꿔보라

일이 뜻대로 되지 않을 때는 나보다 못한 사람을 생각하
라. 원망하고 탓하는 마음이 저절로 사라질 것이다. 마음
이 게을러지거든 나보다 나은 사람을 생각하라. 저절로 분
발하게 될 것이다.

─ 홍자성

자기를 다른 사람의 처지에 놓아보면 남에게 느끼는 질투
나 미움은 없어질 것이다. 다른 사람을 자신의 처지에 비
추어보면 거만이나 자만심이 많이 줄어들 것이다.

─ 괴테

오늘의 소중함

하루도 작은 일생이다.

날마다 잠에서 깨어 일어남이 그날의 탄생이요.

상쾌한 아침마다 짧은 청년기를 맞이하는 것이다.

그러나 저녁, 잠자리에 누울 땐

그날 하루의 황혼기를 맞아야 한다는 것을 알아야 한다.

 쇼펜하우어

오늘 하루는 당신의 것이다. 내일은 다시 오늘이 된다. 그러므로
내일도 당신의 것이다. 내일을 위한 최선의 준비는 오늘의 일을
모두 마치는 것이다.

망설임

길은 가까이에 있다. 그러나 사람들은 헛되이 먼 곳을 찾고 있다. 일은 해보면 쉬운 것이다. 시작도 하지 않고 미리 어렵다고 생각하기 때문에 할 수 있는 일들을 놓쳐 버리는 것이다. 이것도 아니고 저것도 아니고...... 너무 오래 생각하는 것은 일을 하는데 아무런 도움이 되지 않는다. 모든 일은 망설이는 것보다 불안하고 두려워도 시작하는 것이 한걸음 앞서 나아가는 길이다.

맹자

나이를 먹는다는 것

어떻게 나이를 먹어야 한다는 것을 아는 것은 가장 큰 지혜이며 인생에서 가장 어려운 부분이다.

인생은 꼬리 같아서 얼마나 기냐가 아니라 어떻게 좋으냐가 중요하다.

인생은 짧은 이야기와 같다. 중요한 것은 그 길이가 아니라 값어치이다.

인생은 연극과 같아서 얼마나 오래 지속되는가가 중요한 것이 아니라 연기가 얼마나 훌륭한가 이다.

인간은 자신이 어떻게 살고 있는지에는 관심을 두지 않는다. 오로지 얼마나 오래 살 것인가만 생각한다. 그러나 인생은 얼마나 오래 살았느냐가 아니라 얼마나 잘 살았느냐의 문제이다.

세네카

100번째 얻은 성공

실수를 해보지 않은 사람은 한 번도 새로운 일을 시도해
보지 않았던 사람이다.

나는 몇 달, 몇 년 동안 생각하고 또 생각한다. 그러다가 99
번은 잘못된 결론을 얻는다. 마침내 100번째에 이르러서
야 옳은 결론에 도달한다.

우리가 겪는 대부분의 실패는 우리의 능력이 부족해서라
기보다는 무언가를 꾸준히 실행하지 못하는 지속성의 부
족 때문이다.

아인슈타인

삶의 주인이 되어라

나의 의지가 나의 미래를 만든다.

나의 성공은 그 어떤 다른 사람이 아닌 나 자신의 일이다.

나 자신이 바로 힘이므로 내 앞의 어떤 장애물도 없앨 수 있다.

그렇게 하지 않으면 나는 미로에 빠질 것이다.

성공하든 실패하든 그것은 나의 선택이며 책임이다.

오직 나만이 내 운명의 열쇠를 손에 쥘 수 있다.

— 일레인 맥스웰

절망에 대한 탐구

절망이란 죽음에 이르는 병이며 자신을 녹여 없애는 행위이다. 현실에 절망하고 있다는 것은 최대의 불행이자 비극이며 가장 큰 파멸이다.

절망은 끊임없이 현재라는 시간에서 생겨난다. 만일 누군가가 절망하고 있다면 과거나 미래의 것을 현재의 것으로 만들었기 때문이다.

당신이 절망하는 순간 또 다른 절망을 부르게 된다. 절망에 빠진 사람은 사실 자기 자신에게 절망하고 있는 것이다. 단한 사람에게라도 고민을 털어 놓으면 당신은 크나큰 절망에서 벗어날 수 있다. 절망에 대한 가장 확실한 해독제는 믿음이며, 가장 훌륭한 치료제는 가능성(희망)이다.

키르케고르

사람을 움직이는 비결

사람은 누구나 자신이 남들보다 뛰어나다고 생각한다는
것을 잊지 마라. 상대의 마음을 확실히 붙잡는 방법은 상
대가 어떤 사람이든지 마음속으로 인정해 주는 것이다. 즉
스스로가 하고자 하는 마음을 불러일으키게 하고 상대가
원하는 것을 주는 것이다. 그것이 바로 사람을 움직이게
하는 비결이다.

데일 카네기

당신이 바로 세상이다

세상은 커다란 거울과 같이 자신의 모습을 그대로 비춰준
다. 당신이 사랑에 넘치고 친근하며 함께 어울린다면 세상
도 당신에게 사랑을 베풀고, 다정하며, 기꺼이 당신을 도
울 것이다.

토마스 드라이어

모든 풀잎은 생명력과 힘을 얻었을 때 이 세상에 흔적을
남긴다. 마찬가지로 사람은 자신의 인생과 더불어 신념을
갖게 되었을 때 이 세상에 발자취를 남긴다.

조셉 콘라드

열정을 피우는 꽃 5

5월

꽃창포 : 좋은 소식 (5일)

찔레꽃 : 온화 (5일)

모란 : 성실 (6일)

석죽(백색) : 정성 (15일)

붓꽃 : 좋은 소식, 존경 (26일)

잉꼬 아나니스 : 만족 (27일)

뽕나무 : 좋은 소식, 존경 (28일)

무소유

자신의 소유가 아닌 것은 집착하지 말고 다 버려라.
내 것이 아닌 것을 모두 버릴 때 세상을 얻을 수 있다.
만약 어떤 이가 뒷산에 있는 나뭇잎을 가지고 간다고 했을
때, 왜 나뭇잎을 가지고 가냐고 그와 싸우겠는가.
자기 소유가 아닌 물건에 대한 애착은 버려야 하며
버릴 것을 버릴 수 있어야 마음이 평온해진다.

잡아함경

마음 얻기

"세상에서 가장 어려운 일이 뭔지 아니?"

"흠... 글쎄요. 돈 버는 일? 밥 먹는 일?"

"세상에서 가장 어려운 일은 사람이 사람의 마음을 얻는 일이란다. 각각의 얼굴만큼 각양각색의 마음을......

이 순간에도 수만 가지의 생각이 떠오르는데, 그 바람 같은 마음을 머물게 한다는 것은 정말 어려운거란다."

 「어린 왕자」 중

사람이 사람을 헤아릴 수 있는 것은 눈도 아니고 지성도 아니다. 오직 마음뿐이다.

한 번뿐인 인생

인생은 한 권의 책과 같다. 어리석은 사람은 대충 책장을
넘기지만 현명한 사람은 공들여 책을 읽는다. 그들은 단
한 번밖에 읽지 못한다는 것을 알기 때문이다.

～ J. 파울

청춘은 다시 돌아오지 않고, 하루에 새벽은 한 번뿐일세.
좋을 때 부지런히 힘쓰지 않으면
세월은 사람을 기다리지 않는다.

～ 도연명

게으름을 극복하라

노력은 항상 이익을 가져다준다. 노력은 결코 무심하지 않다. 그 만큼의 대가를 반드시 보답해준다. 성공을 보너스로 가져다준다. 비록 성공하지 못했을지라도 깨달음을 얻게 한다.

성공하지 못한 사람의 공통점은 게으름이다. 게으름은 인간을 무너뜨리는 주범이다. 성공하고 싶다면 먼저 게으름을 극복해야 한다.

〜 까뮈

성공하는 사람은 '기회'를 포착하는 사람이다. 기회는 게으른 자에게는 보이지 않는다. 노력의 태도는 작은 것이지만 커다란 차이를 만들어낸다.

배움의 목적

듣지 못한 것은 듣는 것보다 못하고,

듣는 것은 보는 것보다 못하다.

보는 것은 아는 것보다 못하고,

아는 것은 행동하는 것보다 못하다.

무릇 배우는 것으로 그쳐서는 안 된다.

우리가 지식을 쌓는 이유는 그것을 실제로 활용하여 더 나
은 삶을 살기 위해서이다.

순자

사랑한다는 것

사랑하는 동안에는 사랑하는 사람에 대한 마음과 감정은 가장 좋은 것만을 베풀게 된다. 하지만 서로 오해가 생기게 되면 상대에게서 그것을 사정없이 빼앗아간다.

사랑받지 못하는 것은 슬프다. 그러나 더욱더 슬픈 것은 사랑할 수 없다는 것이다.

사랑한다는 것과 현명하다는 것, 그 두 가지를 동시에 할 수 있다는 것은 얼마나 어려운 일인가.

1000명 중의 단 한 사람

1000명 중의 한 사람만이 현재를 진실하게 사는 법을 안다. 나머지 대부분의 사람들은 한 시간의 59분을 과거 때문에 낭비한다. 그들은 잃어버린 즐거움에 대한 후회나 잘못에 대한 부끄러움, 혹은 미래의 꿈이나 공포 때문에 아까운 시간을 흘려보낸다.

인간은 단 한 번 이 세상에 있다가 간다. 지금 바로 이 순간은 매우 중요하며, 삶의 진정한 길은 순간순간을 낭비하지 않는 것이다.

오늘은 기적이고 이 날은 되풀이되지 않음을 기억하자.

S. 제임스

태도를 바꿔라

사는 것이 너무 힘이 들 때 우리는 상황이 변화할 것을 기대한다. 그러나 가장 중요하고 가장 효과적인 변화는 자기 자신의 태도를 바꿔야 한다는 것을 깨닫는 것이다. 하지만 우리는 그것에 관해 거의 생각하지 않는다.

— 비트겐슈타인

인생은 처한 환경이 아니라 환경에 대한 우리의 태도에 따라 달라진다. 물론 주변 환경과 상황이 우리의 생활에 영향을 미치지만 이를 받아들이는 태도는 우리가 결정한다.

참된 우정

우리는 우리를 사랑하는 친구에게서 덕을 배우고 우리를
미워하는 적에게서 흠을 배운다.
우리는 모두 우리가 알고 있는 사람들 중에서 가장 뛰어난
사람의 벗이 되기보다 우리가 좋아하는 누군가의 벗이 되
기를 원한다.

— 프랭크 스위너튼

어려울 때 만난 친구는 가장 소중히 여겨야 한다. 행복할
때 함께 기쁨만을 누린 친구보다 힘들 때 슬픔을 덜어준
친구를 더 많이 신뢰할 수 있다.

— 율리시스 S. 그랜트

뉘우침

자신의 잘못을 뉘우친다는 것은 자신의 나약함을 받아들이는 일이다. 뉘우침이란 자신의 모든 잘못을 꾸짖는 것이며 마음의 청소, 마음의 선을 받아들이기 위한 준비이다.

선한 사람이라 할지라도 자신의 실수를 인정하지 않고 언제나 변명만 한다면 그 사람은 곧 선한 사람에서 악한 사람으로 전락하고 만다.

자신의 잘못을 깨닫는 것만큼 마음을 부드럽게 해주는 것도 없고, 언제나 자신을 옳다고 생각하는 것만큼 마음을 무겁게 하는 것도 없다.

톨스토이

돈의 노예가 되지 말라

돈만 보고 일하지는 말라.

아무 생각 없이 일을 하면서 돈을 버는 것은

영혼을 파는 것과 같다.

당신이 행복을 따른다면

당신은 언제나 그 행복과 함께 할 것이다.

그러나 당신이 돈을 따른다면

돈을 잃었을 때 당신은 아무것도 가진 게 없을 것이다.

당신이 꿈을 찾아 모험한다면

문이 있으리라고 전혀 예상하지 못했던 곳에서

문이 열릴 것이다.

조셉 캠벨

자만심의 늪

당나귀와 수탉이 마당에서 한가롭게 놀고 있었다. 그 때 사자 한 마리가 슬금슬금 다가와 당나귀를 잡아먹으려고 했다. 닭 울음소리를 지독하게 싫어한다는 사실을 안 수탉은 목이 터져라 "꼬끼오! 꼬끼오"라고 외쳤다. 수탉의 울음소리를 듣자 사자는 '걸음아, 날 살려라.' 고 도망치기 시작했다. 수탉의 울음소리에 도망치는 사자를 보고 용기가 난 당나귀는 사자를 뒤쫓기 시작했다. 그러나 수탉의 울음소리가 들리지 않은 지점에 이르자 사자는 돌아서서 쫓아오는 당나귀를 잡아먹었다.

이솝우화

긍정적으로 생각하라

집안에서는 늘 화목하게 지내라!

화목하면 자연히 즐거움이 있게 마련이다.

다른 사람의 기쁜 일은 함께 기뻐하라!

그리고 고난에 빠지더라도 결코 실망하지 말라!

잘못을 저지르는 사람이 있거든 반드시 부드러운 말로 타
일러라.

현재 자신에게 주어진 환경을 늘 고맙게 생각하며

결코 세상이나 고통을 원망하지 말라.

～ 알랭

다시 일어나라

당신은 언제든 당신이 원할 때에 새롭게 출발할 수 있다. 우리가 '실패' 라고 부르는 이것은 넘어지는 게 아니라 잠시 동안 멈추는 것이다.

메리 픽포드

결코 실패하지 않는 것이 아니라 실패할 때마다 일어서는 것, 거기에 삶의 가장 큰 영광이 존재한다.

넬슨 만델라

사람을 끄는 매력을 지녀라

매력은 사람의 마음을 끌어당기는 지혜로운 마술이다. 세상의 모든 일은 사람의 마음을 사로잡지 않고 실력만으로 성공하기 어렵다. 상대방으로부터 당신을 칭찬하게 만드는 것은 다른 사람을 지배하는 가장 강력한 도구이다.

타고난 매력이 있어서 쉽게 인기를 얻는다면 당신은 운이 매우 좋은 사람이다. 하지만 타고난 매력도 노력을 다할 때 빛을 낸다. 한순간의 인기가 아니라 존경과 호감을 받는 사람이 되기 위해서는 내면의 매력을 찾아서 갈고닦을 줄 알아야 한다.

～ 발타자르 그라시안

죽기 위해 살기

당신이 어떻게 죽을지 선택할 수는 없다. 지금 당신이 할 수 있는 것이라고는 어떻게 살 것인지를 결정하는 것뿐이다.

당신이 태어났을 때 당신은 울고 세상은 기뻐했다. 당신이 죽을 때 세상은 울고 당신은 기뻐할 수 있기를……

J. 바에즈

삶은 죽음에서 생긴다. 보리가 싹트기 위해서는 씨앗이 죽지 않으면 안 된다.

영원히 살 것처럼 배우고 내일 죽을 것처럼 살아라.

간디

위험을 두려워 말라

어떤 위험이든 이겨낼 수 있을 만큼 좋아하는 일을 찾아야 한다. 그런 다음 내 앞에 나타나기 마련인 장벽을 뛰어넘고 뚫어야 한다. 지금 자신이 하고 있는 일에 이런 감정을 느끼지 못한다면 분명 당신은 첫 번째 큰 장애물 앞에서 멈추게 될 것이다.

— 조지 루카스

성공에 이르는 길에는 항상 위험이 놓여 있기 마련이다. 그러나 어떤 사람들은 그것을 장애물이라고 해석하고 어떤 사람들은 그것을 기회라 말한다.

유머가 가진 힘

유머감각은 삶에 있어서 엔진의 기름과 같다. 기름이 없다면 기계는 삐걱거리게 된다. 유머가 있으면 너무 힘겨운 운명도, 너무 지쳐 보이는 모습도 없다. 웃음을 짓기 전에 이미 누그러진다.

G.S. 미리엄

좋은 유머는 몸과 마음에 좋은 술이요, 근심과 우울증에 좋은 해독제이며, 사업의 자산이다. 사람들을 사로잡고 관계를 유지시켜 주며 삶의 무게를 덜어준다. 좋은 유머는 안정과 만족에 이르는 지름길이다.

그렌빌 클라이저

완전한 사랑

사랑은 화살처럼 빨리 지나가는 것처럼 보인다. 그러나 그 사랑을 성장시키는 데는 시간이 필요하다. 어떤 남자와 여자도 그들이 결혼을 해서 반세기가 지나기 전까지는 완벽한 사랑이 무엇인지 말할 수가 없다.

🖛 마크 트웨인

사랑의 계산 방법은 독특하다. 절반과 절반이 합쳐져 하나가 되는 것이 아니라 오직 두 개가 모여 완전한 하나를 만들기 때문이다. 아무리 열렬한 연인들도 때로는 무관심을 느낄 때가 있다. 사랑이란 단어는 이들에게 벌어진 그 틈새를 메워주며 두 사람을 이어주는 다리가 된다.

열정을 피우는 꽃 6

라일락 : 우애 (1일)

너도밤나무 : 번영 (16일)

베고니아 : 친절, 정중 (20일)

밤나무 : 공평 (24일)

도라지 : 성실, 품위 (25일)

아게리텀 : 신뢰 (27일)

평범하고 자연스럽게

마음에는 꾸밈이 없어야 하고 재능에는 뽐냄이 없어야
한다.

진실 되고 어진 사람은 자신의 재능을 드러내지 않고 "평
범한 사람"처럼 행동한다. 마치 물 흐르듯 바람이 불어오
듯 자연스럽고 평범하게 사람들과 어울린다. 사람들은 그
들을 존경하면서도 그들에게 친밀감을 느낀다.

꾸밈이나 가식을 부리지 않고 필요한 때, 장소에서 그가
가진 재능을 발휘한다.

～ 채근담

이해하기

아무도 다른 사람의 슬픔이나 기쁨을 진정으로 이해하지 못한다. 우리는 언제나 누군가에게 다가간다고 생각하지만 우리가 떠나는 여행의 과정은 실제로 평행하다.

프란츠 슈베르트

이해하는 것과 이해되는 것은 이 세상에 우리의 행복을 만든다. 만약 우리에게 어떤 것을 이해해야 할 필요가 있다면 조금만 봐야 한다. 인간이 가지고 있는 이해의 테이프로 측정할 수 있는 것이 과연 몇 가지나 있겠는가.

헨리 데이비스 소로

자신이 할 수 있는 일을 하라

자기가 잘 할 수 있고 좋아하는 일을 찾은 사람들은 거의 실패하지 않는다. 당신은 당신의 돈을 일에 투자하고, 사랑 역시 일에 투자한다.

당신의 일을 좋아하라. 당신이 가지고 일하는 도구를 좋아하라. 당신이 함께 일하는 사람들을 좋아하라. 당신이 일하고 있는 곳을 좋아하라. 그러면 벌이가 좋을 것이다.

— 클라렌스 E. 플린

자신의 일을 발견한 사람은 축복받은 사람이다. 바로 그것이 행복이다. 남들도 마찬가지이다. 자신이 할 수 있는 일을 맡겨라. 그러면 그것은 더 이상 일이 아니라 즐거움이다.

고뇌에서 벗어나려면

모든 고뇌에서 벗어나고자 한다면
만족할 줄 알아야 한다.
만족할 줄 아는 사람은
늘 부유하고 즐거우며 행복하다.
그런 사람은 비록 맨땅에 누워 자더라도
마음은 늘 편안하고 즐겁다.

그러나 만족할 줄 모르는 사람은
설령 천국에 있을지라도 불행한 사람이다.
만족을 모르는 사람은 부유한 듯하지만
사실은 가난하고, 만족할 줄 아는 사람은
가난한 듯하지만 사실은 부유하다.

유교경

정성과 마음을 다하여

선을 행하기 위해서는 노력이 필요하다. 그러나 악을 억제하기 위해서는 더욱더 노력이 필요하다.

진실이 진실로서 들리게 하려면 정성과 마음을 다하여 말해야 한다. 다른 사람에게 전달한 이야기가 제대로 이해되지 않은 경우는 적어도 두 가지 가운데 하나일 것이다. 거짓말을 했거나 아니면 정성과 마음을 다하지 않았거나.

— 톨스토이

선행이란 타인에게 베푸는 것이 아니라 나의 의무를 다하는 것이다. 그러므로 무엇보다도 내 자신에게 진실해야 한다.

자기 자신답게 살라

어린 시절에는 세상에 복종하는 법을 배운다. 이 시기에는
다른 사람에게 기대어 살아간다. 그러나 어른이 되면 이
모든 것들을 뛰어넘어야 한다. 만일 자신의 삶을 자신의
것으로 만들지 못하면 이내 나의 삶은 남에게 지배당하고
말 것이다.

바퀴의 살을 잡고 있으면 올라갈 때와 내려올 때가 늘 교
차한다. 그러나 바퀴의 중심을 잡고 있으면 늘 같은 자리,
언제나 당신이 중심에 있게 된다. 남이 시켜서 선택한 삶
은 바퀴살을 붙잡는 삶과 같다.

조셉 캠벨

탓하지 마라

집안이 좋지 않다고 탓하지 마라.
나는 아홉 살 때 아버지를 잃고 마을에서 쫓겨났다.

가난하다고 말하지 말라.
나는 들쥐를 잡아먹으며 목숨을 연명했고
목숨을 건 전쟁이 내 직업이고 내 일이었다.

작은 나라에서 태어났다고 말하지 말라.
그림자 말고는 친구도 없고
백성은 어린애, 노인까지 합쳐 2백만도 되질 않았다.

배울 게 없다고, 힘이 없다고 탓하지 마라.
나는 내 이름도 쓸 줄 몰랐으나
남의 말에 귀 기울이며

현명해지는 법을 배웠다.

너무 막막하다고
그래서 포기해야겠다고 말하지 말라.
나는 목에 칼을 쓰고도 탈출했고
뺨에 화살을 맞고 죽었다 살아나기도 했다.

적은 밖에 있는 것이 아니라 내 안에 있었다.
나는 내게 거추장스러운 것은 깡그리 쓸어버렸다.
나를 극복하는 그 순간 나는 칭기즈 칸이 되었다.

칭기즈 칸

사랑의 정의

당신이 사랑받고 싶다면

사랑받을 만한 가치가 있는 사람이 되어라.

부러진 손은 고칠 수 있지만

상처받은 마음은 어찌할 도리가 없다.

가려운 곳을 긁는 것, 기침을 하는 것,

그리고 사랑을 하는 것은 결코 숨길 수 없다.

사랑이 없는 삶, 사랑하는 사람이 없는 생활,

그것은 볼품없는 쇼에 지나지 않는다.

페르시아 속담

삶이란 참 어렵다

방황하고 있을 때는 언제나 지금 이 순간 가장 필요한 것
이 무엇인지 알아내기가 매우 어렵다. 만일 그렇지 않다면
그것은 방황이 아니다.

가능성의 결핍은 곧 절망의 상태이다. 아무리 낮은 가능성
이라도 그것이 현실이 되기 위해서는 항상 적당한 시간을
필요로 한다.

인간은 자기 자신을 갈고 닦아서 훌륭한 조각품으로 만들
어야 하는 존재이지 모서리를 깎아서 자신을 잃어버리는
존재가 되어서는 안 된다.

키르케고르

생각은 이제 그만

사람들은 대부분 지금보다 더 잘할 수 있을지, 지금보다 더 많은 것을 가질 수 있을지, 그리고 열정과 끈기를 발휘할 기회가 얼마나 있을지 궁금해 한다. 이런 쓸데없는 생각은 버리고 자신의 목표를 향해 힘을 쏟아라. 생각을 잘하는 것은 멋진 일이지만 행동을 잘하는 것은 성공으로 가는 일이다.

W. J. 존스턴

한자리에 서 있으면 돌부리에 걸려 넘어질 일은 없다. 반면 빨리 걸어갈수록 넘어질 일은 많겠지만 그만큼 다른 곳으로 갈 기회도 많이 생긴다.

찰스 F. 케티링

웃으며 살자

아름다운 옷보다는 웃는 얼굴이 훨씬 인상적이다. 기분 나쁜 일이 있더라도 웃음으로 넘겨라. 찡그린 얼굴을 펴기만 해도 마음도 따라 펴진다. 웃음은 가장 좋은 화장이고, 건강법이다. 웃음은 인생의 약이다..

— 알랭

그대의 마음을 웃음과 기쁨으로 감싸라.
그러면 1000가지의 해로움을 막아주고
생명을 연장시켜 줄 것이다.

— 윌리엄 셰익스피어

어리석은 사람

세 종류의 어리석은 사람이 있다.

첫째는 자신의 어리석음을 알고 있는 사람, 둘째는 자기가 슬기롭다고 생각하는 사람, 셋째는 자기도 남도 모두 어리석다고 생각하는 사람이다.

유태인들은 지식이 많고 적음보다는 현명한가 아니면 어리석은가를 가장 중요하게 여긴다. 그러나 슬기로운 사람 중에는 영리하지 못한 사람도 있고 영리하지만 어리석은 사람도 있다.

슬기롭고 현명하다는 것은 스스로의 힘으로 어떤 일을 처리할 수 있다고 생각하는 것이 아니라 실제로 그 일들을 처리할 수 있는 능력을 갖추고 있는 사람을 말한다.

탈무드

일의 여섯 가지 법칙

1. 자신의 힘을 조종해야 한다. 그것에 의해 조종당해서는 안 된다.
2. 자신의 시간과 날들의 지배자가 되어야 한다. 그것의 노예가 되어서는 안 된다.
3. 일을 마지막까지 효율적으로 진행하는 방법을 배워라.
4. 진정으로 원해야 한다.
5. 절대로 실패가 습관이 되도록 내버려두지 마라.
6. 당신이 참아야 하는 상황에 멈추는 법을 배워라. 하지만 그 상황이 당신에게 유리하도록 상황을 바꾸거나 고치도록 노력하라.

      — 윌리엄 프레데릭 북

열정을 피우는 꽃 7

7월

무궁화 : 끈기 (1일)

양귀비 : 위안 (5일)

접시꽃 : 풍요, 대망 (6일)

과꽃 (청색) : 신뢰 (7일)

네잎클로버 : 희망이 이루어짐, 행복, 행운 (8일)

센트레아 : 행복, 섬세, 유쾌 (19일)

공작선인장 : 정열 (24일)

수세미 : 여유 (29일)

때를 놓치지 말라

이 말은 우리에게 주어진 영원한 교훈이다. 그러나 사람들은 이것을 그리 대단치 않게 여기기 때문에 좋은 기회가 와도 그것을 잡을 줄 모르고 때가 오지 않는다고 불평만 한다. 하지만 때는 누구에게나 오는 것이다.

 앤드류 카네기

기회가 올 날을 대비해 준비하지 않으면 기회를 잡더라도 소용없다. 스스로 자신의 가치를 만들어내는 순간이야말로 가장 멋진 일이다.

포기란 없다

부지런한 농부는 홍수나 가뭄이 찾아와도 밭가는 일을 쉬지 않는다. 마찬가지로 군자도 환경의 변화가 있어도 자기의 할 일을 잃지 않는다.

성공과 실패는 중간에 포기하지 않는 것에 달렸다.
칼로 자르다가 멈추면 썩은 나무조차 자를 수 없고,
멈추지 않으면 쇠나 돌도 자를 수 있다.
누구든지 성공을 하기 위해서는 초심을 잃지 말고 꾸준히
노력해야 한다.

순자

Change의 'g'를 'c'로 바꾸면

나는 힘이 센 강자도 아니고, 그렇다고 두뇌가 뛰어난 천재도 아니다. 날마다 새롭게 변했을 뿐이다. 그것이 나의 성공 비결이다. Change(변화)의 g를 c로 바꿔보자. 그러면 Chance(기회)가 된다. 변화 속에 반드시 기회가 숨어 있다.

 빌 게이츠

세상은 끊임없이 변한다. 변화에 대처하는 가장 좋은 방법은 내 스스로가 변화하는 것이다. 변화는 언제나 더 나은 것을 위한 선택이 되어야 한다.

나를 낮추어라

바다와 강이 수백 개의 산골짜기 물줄기에 복종하는 이유
는 그것들이 항상 낮은 곳에 있기 때문이다. 다른 사람들
보다 높은 곳에 있기를 바란다면 그들보다 아래에 있고,
그들보다 앞서기를 바란다면 그들 뒤에 있으라. 이와 같이
하여 사람들의 뒤에 있을지라도 그의 무게를 느끼지 않게
하며 그들보다 앞에 있을지라도 그들의 마음을 상하게 하
지 않는다.

— 공자

고귀한 의무

성경에는 다른 사람들을 위해 봉사하는 것이 삶에 있어 가장 귀중한 의무이며 영광이라고 가르친다. 재능 있는 사람은 끊임없이 다른 이들을 위해 살기를 강요당한다. 그들은 발견과 발명을 하고, 책을 쓰고, 예술 작품을 만든다. 그 이익과 즐거움은 모든 사람들에게 전해진다. 그들은 기꺼이 인생의 목적을 인류의 행복을 위해 일한다.

 윌리엄 그레이엄 섬너

스스로 할 수 있는 일을 더 배우고 다른 사람을 위해 더 많은 일을 한다면 인생을 더 풍부하게 즐기는 법을 많이 배울 것이다.

열정을 피우는 꽃 8

8월

포도 : 환희(1일)

부켄베리아 : 정열(7일)

물푸레나무 : 겸손(13일)

루드베키아 : 영원한 행복(18일)

떡갈나무 : 용기(22일)

선인장 : 정열, 열정(23일)

무화과 : 풍요한 결실, 열심(24일)

월계수(잎) : 불변(29일)

피할 수 없는 고통

행복은 종종 고통과 절망, 좌절의 형태로 나타난다. 고난
이 찾아와도 좌절하지 않고 긍정적인 마음을 가지고 견뎌
내면 그 고난은 아름다운 것이 되어 돌아온다.

～ 아리스토텔레스

성공의 비결은 고통이나 즐거움이 당신을 이용하지 못하
게 하고 당신이 고통이나 즐거움을 이용하는 법을 배우는
것이다. 그렇게 하면 당신은 삶을 통제할 수 있고, 그렇지
못하면 삶이 당신을 통제하게 될 것이다.

～ 앤서니 로빈스

마지막도 처음과 같이

큰 나무도 가느다란 가지에서 시작된다. 10층 석탑도 작은 벽돌을 하나씩 쌓아올리는 데에서 시작된다. 사람들은 항상 거의 일을 다 이루어 놓은 듯하다가 실패를 하곤 한다. 마지막까지 처음과 같이 주의를 기울인다면 어떤 일도 해낼 수 있을 것이다.

 노자

모든 일의 시작은 시간이 흐르면 마지막이 된다. 마지막은 또다시 새로운 일의 시작을 부른다. 그러므로 처음처럼 마지막도 신중해야 한다.

자신보다 두려운 건 없다

나 자신보다 더 두려운 것은 없다오.

나의 오른쪽 눈은 용이요, 왼쪽 눈은 법이거든.

혀 밑에는 도끼를 숨겨 뒀고, 굽은 팔은 활처럼 생겼지.

마음을 잘 간직하면 어린아이처럼 선해지지만

잘못하면 오랑캐가 될 수도 있다오.

스스로를 조심하지 않으면

장차 제 스스로 물고 뜯고 망칠 수도 있다네.

연암 박지원

인생 10계명

첫째, 일하기 위해 시간을 내어라.

그것은 성공의 대가이다.

둘째, 생각하기 위해 시간을 내어라.

그것은 능력의 원천이다.

셋째, 운동하기 위해 시간을 내어라.

그것은 끊임없이 젊음을 유지하는 비결이다.

넷째, 독서하기 위해 시간을 내어라.

그것은 지혜의 샘물이다.

다섯째, 친절하기 위해 시간을 내어라.

그것은 행복으로 가는 길이다.

여섯째, 꿈을 꾸기 위해 시간을 내어라.

그것은 큰 꿈을 품는 것이다.

일곱째, 사랑하고 사랑받는 데 시간을 내어라.

그것은 구원받은 자의 특권이다.

여덟째, 주위를 살펴보는 데 시간을 내어라.

이기적으로 살기에는 너무 짧은 하루이다.

아홉째, 웃기 위해 시간을 내어라.

그것은 영혼의 음악이다.

열, 기도하기 위해 시간을 내어라.

그것은 인생의 영원한 투자이다.

톨스토이

배움은 끝이 없다

우리를 지혜롭게 만들어주는 두 가지 기본적인 것이 있다. 우리가 읽는 책들과 우리가 만나는 사람들이 바로 그것이다. 어떤 분야에서든 성공하기 위해서는 지속적으로 학습이 필요하다.

— 찰스 존스

배움을 멈추지 않는다. 매일매일 긍정적인 말에 귀를 기울이고 매일 밤 잠들기 전에 긍정적인 글을 읽어라. 날마다 한 가지씩 새로운 것을 배우면 경쟁자의 99%를 극복할 수 있다.

— 조 카를로조

말이 필요 없는 설득

누구나 다 알고 있듯이 어린아이들은 한 아이가 울면 다른 아이도 따라 운다. 그러다가 나중에는 서로 경쟁이라도 하듯 기를 쓰며 울기 시작한다. 이럴 때 경험 많은 유모는 아이를 바닥에 엎어 놓는다. 이렇게 자세를 바꿔주면 기분도 달라진다. 이것이 바로 말이 필요 없는 설득법이다.

많은 사람들이 공포를 느끼는 이유를 논리적으로 설명하려 하지만 공포를 느끼는 사람에게 그 이유는 와 닿지 않는다. 그들의 관심은 심장 박동과 맥박이 뛰는 소리에 있기 때문이다.

알랭

한결같은 마음

눈이 두 개인 이유는 서로 힘을 합쳐 하나의 사물을 밝게
볼 수 있기 때문이다. 마음도 하나에만 전념하지 않는다면
아무것도 이룰 수가 없다. 위대한 사람은 행동이 늘 한결
같고 마음도 하나만을 지향한다. 그렇다고 당장 이기는 것
에만 몰두하게 되면 최후에는 질 수 있다는 것을 잊어서는
안 된다.

성공을 꿈꾸고 있다면 처음 당신이 가졌던 그 마음을 잃지
말고 꾸준히 노력하면 곧 이루어질 것이다.

～ 순자

열정을 피우는 꽃 9

9월

갈대 : 신의, 믿음, 지혜 (2일)

사르비아 : 정열 (7일)

서향 : 불멸, 명예 (8일)

국화(백색) : 고결, 성실 (11일)

도깨비부채 : 행복, 즐거움 (26일)

지혜를 얻는 순간

모든 것은 매순간 우리에게 가르침을 준다. 지혜는 어디에
든 스며들기 때문이다. 혈액처럼 우리 몸을 흐르고, 고통
으로 우리를 몸부림치게 하며, 슬픔과 즐거움을 번갈아 경
험하게 한다. 오랜 시간이 흐른 뒤 우리는 비로소 지혜의
참모습을 깨닫게 된다.

— 랄프 왈도 에머슨

지식은 짧은 시간 안에 많은 양을 습득하는 것이 어렵지
않다. 하지만 지혜를 얻으려면 엄격한 훈련과 어려움을 경
험하고 부드러운 열정을 가져야만 한다.

— 캘빈 쿨리지

먼저 변하라

오래 된 습관은 쉽게 변하지 않는다. 다른 사람을 바꾸려면 스스로 먼저 바뀌어야 한다. 이 세상이 나아지지 않는 이유는 한 가지 때문이다. 서로가 서로를 변화시키려고만 할 뿐 자신은 변화하려고 하지 않기 때문이다.

～ 토마스 아담스

스스로 변하는 것이 얼마나 어려운지 생각해보고, 남을 변화시키려 한 적은 없었는지 돌이켜보라.

～ 아놀드 글래소우

남을 바꾸려 하지 말라

서두르는 것과 신속한 것은 다르다. 서두르며 일하는 사람
은 쳇바퀴를 도는 다람쥐처럼 끊임없이 무언가를 하지만
정작 목적은 없다. 또한 회전문처럼 생각 없이 계속해서
움직인다.

게다가 말도 많이 하지만 쓸모 있는 말은 거의 하지 않는
다. 이것저것 보는 것도 많지만 정작 아무것도 보지 못한
다. 불속에 쇠를 달구지만 쇠는 달궈지지 않고 애꿎은 손
만 댈 뿐이다.

～ 찰스 칼렙 콜튼

때가 있다는 법이다

하루 공부하지 않으면 그것을 되찾기 위해서 이틀이 걸린다. 이틀 공부하지 않으면 그것을 되찾기 위해서는 나흘이 걸린다. 1년 공부하지 않으면 그것을 되찾기 위해서는 2년이 걸린다.

 탈무드

오늘 배우지 않았으면 내일이 있다 말하지 말고, 올해 배우지 않았으면 내년이 있다고 말하지 말라.

 주자

정직의 유효기간

하루만 행복하려면 이발소에 가서 머리를 깎아라.

일주일만 행복해지고 싶다면 결혼을 하라.

한 달 정도라면 튼튼한 말을 사고,

일 년이라면 새 집을 지어라.

그리고 평생토록 행복하기를 바란다면

정직한 인간이 되어라.

정직을 잃은 자는 더 잃을 것이 없다.

영국 속담

끊을 수 없는 탐욕

탐욕은 물에 비치는 달과 같다.

물이 움직이면 달도 움직이듯

몸과 마음이 괴로우면

모든 현상도 함께 일어나게 마련이다.

탐욕의 마음도 이와 같아서

잠시도 머무르지 않고

일어났다가 없어지기를 반복한다.

육바라밀경

어리석은 기다림

가장 큰 시간의 손실은 뒤로 미루는 일과 기다리는 일이
다. 흔히 우리는 현재를 놓고 우연히 다가올 미래를 기다
린다. 말하자면 불확실한 것을 얻기 위해 확실한 것을 포
기하고 있는 것이다.
보통 사람은 시간을 소비하는 것에 마음을 쓰지만 재능 있
는 사람은 시간을 이용하는 것에 마음을 쓴다.

쇼펜하우어

가치에 대한 평가

인생이란 단지 기쁨도 아니고 슬픔도 아니다. 그 두 가지를 합해 나아가는 과정에서 얻어야 할 그 무엇이다.

커다란 기쁨은 깊은 슬픔을 불러오고, 깊은 슬픔은 커다란 기쁨을 가져오기도 한다. 자신이 해야 할 일을 발견하고 자신이 하는 일에 신념을 갖는 사람은 행복하다.

보통 사람의 가치는 결과의 정도로 평가되지만 그가 얻은 결과보다는 그 일을 이루기 위해 노력한 과정과 고난에 의해 평가되어야 한다.

～ T. 칼라일

모두가 똑같다

즐거움과 슬픔은 그것을 느끼는 사람과 시간, 장소에 제약이 없다. 이것이야말로 모든 사람들이 공통으로 느끼는 감정이다. 이러한 진실을 받아들이면 다른 사람의 삶에 보다 더 관대해지고 관심을 가지게 된다.

〜 리엄 M. 펙

눈은 색깔을 좋아하고, 귀는 소리를 좋아하며, 입은 맛을 즐기고 머리는 이익을 좇으며, 신체의 피부와 근육은 상쾌하고 편안함을 좋아한다. 이것은 모든 사람들이 바라는 마음이다.

〜 순자

감정 이입

열정은 불보다 더 격렬하고 증오는 상어보다도 더 두렵다.
어리석음은 올가미처럼 인간을 옭아매고 탐욕은 거슬러
흐르는 물살처럼 인간을 집어삼킨다.

～ 석가모니

기분에 따라 바라보는 대상의 모습도 변한다. 마법 같은
즐거움을 느끼는 동안에는 모든 것이 그저 아름답게 보인
다. 터널 속 같은 슬픔에 빠져 있을 때는 모든 것이 그저 불
행해 보인다.

～ 칼릴 지브란

걱정은 이제 그만

누구나 확신을 가지고 싶을 때 그것에 응답해줄 사람은 없다. 당신이 걱정하지 않으면 질문할 일도 없을 것이며, 당신이 걱정하면 당신이 걱정하는 사람도 마찬가지가 될 것이다.

말콤 포브스

만약 우리가 미래에 대해 언제나 걱정한다면 우리의 삶에 평화나 안락함은 거의 없을 것이다. 막연한 미래에 대한 두려움으로 스스로 걱정하는 사람은 결코 편안한 휴식을 가질 수 없다.

사무엘 존슨

눈과 귀와 입

사람을 살피는 데는 눈을 보는 것 만한 것이 없다. 눈은 그
의 악함을 숨기지 못한다.
마음이 바르면 눈동자는 밝고 마음이 바르지 못하면 눈동
자는 어둡다.

〜 맹자

눈으로 마구 보면 눈이 흐려지고, 귀로 마구 들으면 귀가
더러워지며, 입으로 마구 말하면 입이 거칠어진다. 이들을
잘 꾸미고자 애를 쓰면 오히려 망치고 말 것이니 이들을
잘 간직하고 함부로 사용하지 말아야 한다.

〜 회남자

돈의 가치

돈은 현악기와 같다.
그것을 적절히 사용할 줄 모르는
사람은 불협화음을 듣게 된다.

돈은 사랑과 같다.
이것을 잘 베풀려 하지 않는 이들을
천천히, 그리고 고통스럽게 죽인다.

반면에 남에게 이것을 베푸는 이들에게는
생명을 준다.

칼릴 지브란

생각의 씨를 뿌리면

생각의 씨를 뿌리면 행동의 열매를 얻는다.

행동의 씨를 뿌리면 습관의 열매를 얻는다.

습관의 씨를 뿌리면 인격의 열매를 얻는다.

인격의 씨를 뿌리면 운명의 열매를 얻는다.

부정적인 생각은 결국 육체의 질병을 일으키고

마음과 영혼에 상처를 주니

항상 긍정적이고 밝은 면을 보는 습관을 기르라.

인디언 속담

열정을 피우는 꽃 10

10월

아몬드 : 기대, 희망 (7일)

은방울꽃 : 행복의 확인 (9일)

안개꽃 (적색) : 기쁨의 순간 (14일)

일일초 : 우정 (18일)

크립탄서스 : 만족 (21일)

아기동백 : 겸손한 아름다움 (22일)

참깨 : 기대 (26일)

해당화 : 온화 (27일)

성공한 사람과 실패한 사람

게으름에 대한 하늘의 보상은 두 가지가 있다.
하나는 자신의 실패요, 하나는 그가 하지 않은 일을 한 옆
사람의 성공이다.

르나르

부자가 되는 한 가지 방법이 있다. 내일 할 일을 오늘 하고
오늘 먹을 것을 내일 먹어라.
만족할 줄 아는 사람은 진정한 부자이고, 지나치게 욕심스
러운 사람은 진실로 가난한 사람이다.

솔론

지나치거나 모자라지 아니함

생활이 평안하고 한가로울 때

걱정할 것이 없다고 함부로 말하지 말라.

겨우 걱정할 것이 없다는 말이 입으로 나가자마자

문득 걱정거리가 생긴다.

맛있는 음식이라고 하여 많이 먹으면 병을 만들 것이며,

기분 좋은 일이라고 해서 지나치게 하면

반드시 재앙이 있을 것이다.

병이 난 후에 약을 먹는 것보다는

병이 나기 전에 스스로 조심하는 것만 못하다.

명심보감

진정한 축복을 보내야 할 때

화물을 가득 실은 두 척의 배가 바다에 떠 있다. 그 중 한 척은 이제 막 출항 준비를 마쳤고 또 한 배는 지금 막 항구에 도착했다. 대부분의 사람들은 배가 출항할 때는 떠들썩하게 환송을 하지만 반대로 배가 항구로 들어올 때는 별다른 환영을 하지 않는다.

꼭 항구를 떠날 배는 앞으로 거센 풍랑을 만나 어떤 고난을 당할지도 모른다. 그런데도 사람들은 떠들썩하게 환송을 한다. 정말 이상하지 않은가.

진실은 오랜 항해를 무사히 마치고 귀항한 배에게 기쁜 환영을 해주어야 한다. 이 배야말로 어려운 역경을 뚫고 맡은바 책임을 다했기 때문이다.

우리가 살아가는 인생도 이와 같다.

우리는 갓 태어난 아이에게 많은 축복을 보낸다. 이 아이가 앞으로 어떠한 고난의 길을 걸어갈지, 도중에 포기할지, 아니면 흉악한 범죄자가 될지 아무도 모른다.

그러나 진정한 축복은 사람이 죽음이란 영원한 잠에 들어갔을 때 보내야 한다. 그가 인생을 어떻게 살아왔는가를 많은 사람들이 알고 있으므로 이때야말로 진정한 축복을 보낼 수 있다.

탈무드

인생은 1장의 연극

이 세상은 하나의 극장에 지나지 않는다.

그리고 사람들은 단지 1장의 연극을 할 뿐이다.

우리의 이름은 조만간 잊힐 것이고

아무도 우리가 한 일을 기억하지 못할 것이다.

우리의 인생은 구름의 자취처럼 사라질 것이고

안개처럼 흩어지고 말 것이다.

크리소스톰

가장 행복할 때, 가장 불행할 때

행복에는 여러 가지 형태가 있다.

돈이 있는 것도 행복의 하나요, 지위가 있고 명예가 있는 것도 행복의 하나이다. 그러나 그 중에도 사고나 별다른 일 없이 평온하게 지내는 것이 가장 큰 행복이다.

불행도 여러 가지 형태로 있다. 그러나 사람에 따라 그 모습이 천차만별이다. 하지만 그 중에서도 가장 불행한 것은 마음이 사방으로 흩어져 스스로 마음을 다잡지 못하는 것이다.

쇼펜하우어

웃어라

나를 좋아하거나 존경하는 사람들의 공통점을 나는 전혀
알지 못한다. 하지만 내가 좋아하고 애정을 가지는 사람들
의 공통점은 그들 모두가 나를 웃게 만든다는 것이다.
나는 밤낮으로 무서운 긴장감 속에 살아야만 했다. 만일 내
가 웃지 않았다면 나는 이미 죽은 지 오래 되었을 것이다.

링컨

웃어라, 그러면 세상도 그대와 함께 웃는다.
울어라, 그러면 그대 혼자 울게 된다.

엘라 윌러 윌콕스

돈으로 살 수 없는 것

돈이 있으면 내 가족이 필요로 하는 모든 것을 살 수 있다.

그러나 돈으로도 살 수 없는 것이 바로 가족 간의 사랑이다.

돈으로 집은 살 수 있어도 가정은 살 수 없다.

돈으로 침대는 살 수 있어도 멋진 잠자리는 살 수 없다.

그리고 행복도 살 수 없다.

돈을 가지고 근사한 시간을 보낼 수는 있어도 평화로움을
살 수는 없다.

또한 돈으로 동료를 구할 수는 있어도 진정한 친구는 얻을
수 없다.

지그 지글러

늘 한결같이

인간의 삶이란 어느 곳에서 서로 만나게 될 줄 아무도 모른다. 그가 누구든 원망을 사거나 헐뜯지 마라. 좁은 길에서 만나면 피하기 어렵다.

＊ 명심보감

평소에 예의 바르고, 일을 신중히 처리하며, 사람을 대할 때 진실하라. 그러면 비록 오랑캐 땅에 간다 할지라도 버림받지 않을 것이다.

＊ 공자

얼음을 녹이듯

가족 중 누군가에게 혹은 직장에서 부하직원 중 누군가에게 허물이 있다 하더라도 몹시 화를 내거나 나무라지 마라. 그 일을 말하기 어려우면 다른 일에 빗대어 은근히 깨우쳐 주라.

오늘 깨닫지 못하거든 내일을 기다려 다시 일깨워 주라. 봄바람이 언 대지를 깨어나게 하듯, 따뜻한 기운이 얼음을 녹이듯 하라.

홍자성

실패의 이유

누구에게나 희망이 없을 수 없겠지만 희망은 언제나 실망
과 함께 있기 때문에 실망하게 되면 풀이 죽는다. 희망을
길러 나아가고 잃지 않게 하는 것은 굳센 힘뿐이다.

    ~ 양계초

우리가 실패하는 이유는 단 하나, 자기 자신에 대한 진정
한 믿음이 부족하기 때문이다.

    ~ 윌리엄 제임스

정면 승부

늘 모든 일에 적극적으로 대처하는 모습은 주위 사람들에
게 좋은 인상을 주며, 무엇보다 자신의 생활에 활력이 생
긴다. 유난히 건강하고 활력이 넘치는 사람은 가만히 있어
도 늘 많은 사람들이 주위에 모여든다.

 오이시 켄이치

인생에서 우리에게 일어난 일을 어떻게 받아들이느냐 하는 것은
우리의 행복과 불행을 결정짓는다. 지금 당신 앞에 놓인 것들과
정면으로 마주하겠는가, 아니면 슬그머니 뒷걸음질 치겠는가?

자신과 싸워라

우리를 괴롭게 만드는 것은 고통이 아니라 고통을 겪게 되
리라는 두려움이다. 우리를 행복하게 만드는 것은 진정한
기쁨이 아니라 어떤 행동을 하면 즐거워지리라는 믿음, 즉
확실한 느낌이다.

🖎 앤서니 라빈스

사람들은 언제나 자신이 처한 환경에 대해 불평하지만 나
는 환경을 믿지 않는다. 성공한 사람들은 자기 스스로 원
하는 환경을 찾아 나서며, 혹시 원하는 환경을 찾지 못하
면 직접 환경을 만드는 사람들이다.

🖎 조지 버나드 쇼

건강도 성공의 한 요소

삶의 기쁨을 누리기 위해서뿐만 아니라 모든 의무를 다하기 위해서는 건강이 꼭 필요하다. 건강을 지키는 것은 삶의 의무이며 기본이다. 건강을 허비하는 것은 어리석은 죄를 짓는 것과 같으며 건강을 잃으면 더 이상 충분한 힘을 발휘할 수 없다.

사무엘 존슨

건강을 잃는다면 삶은 더 이상 삶이 아니다. 죽음의 형태인 피로와 고통만 남을 뿐이다.

프랑스아 라블레

열정을 피우는 꽃 11

11월

동백 : 겸손한 아름다움(1일)

구즈매니아 : 만족(5일)

행운목 : 행운, 행복(12일)

물옥잠 : 승리(14일)

칼라디움 : 환희(18일)

칼라 : 환희, 열정(20일)

베고니아 : 친절, 정중(24일)

스노드롭 : 희망, 위안(29일)

올리브 : 평화(30일)

칼 같은 결단력

결단력이란 정확하고 똑바르게 단면을 자르는 날카로운 칼이다. 그런가 하면 우유부단함은 비뚤배뚤 엉성하게 단면을 자르는 무딘 칼이다.

　　　　　　　　　　　　　　　　　　　　고든 그레이엄

일을 많이 한다고 해서 다가 아니다. 맡은 일을 얼마나 잘하고, 얼마나 올바른 결정을 내렸느냐가 그 일의 성패를 좌우한다.

　　　　　　　　　　　　　　　　　　　　윌리엄 페더

제 역할을 하지 못하면

크지만 큰 구실을 하지 못하면 작아지고, 강하지만 힘을
발휘하지 못하면 약해지며, 많으면서 많은 구실을 하지 못
하면 적어진다.

신분이 높은 사람이 예를 갖추지 못하면 천해지고, 높은
지위에 있으면서 신중하지 못하면 결국 가벼워진다. 부자
가 오만과 낭비를 일삼으면 가난해지기 마련이다.

관자

비움의 행복

아무것도 갖고 있지 않은 사람은
진실로 행복한 사람이다.

지혜로운 사람은
아무것도 자기의 것이라고 생각하지 않는다.

자, 보라.
많이 가지고 있는 자들이 여기저기
얽매여 얼마나 많은 괴로움을 당하고 있는지……

우다나

두 가지 갈림길

나는 항상 젊은이들의 실패를 흥미롭게 바라본다. 젊은 시절의 실패는 곧 성공의 토대가 된다. 실패를 보고 물러섰던가? 다시 일어섰던가?

젊은이들 앞에는 이 두 가지 길이 있다. 이 순간 성공은 결정되는 것이다.

🖎 V. 몰트케

틀리는 것과 실패하는 것은 하나의 교훈이며, 앞으로 한발 더 나아가기 위한 훈련이다.

🖎 차닝

참 사랑

모든 사람을
한결같이 사랑할 수는 없다.
보다 큰 행복은 단 한 사람이라도
지극히 사랑하는 것이다.
그러나 그것도
그저 상대방을 사랑하는 것이어야 한다.
자신의 만족을 위해 사랑해서는 안 된다.

나는 사랑하는 사람의 행복을 위해서
그와의 관계를 끊을 만한
각오가 되어 있는가?
스스로에게 물어보라.

만약 그럴 수 없다면

당신은

사랑이라는 가면을 쓰고 있을 뿐이다.

톨스토이

화는 화를 부른다

표주박에 기름을 담아 활활 타오르는 불에 부으면
불은 오히려 표주박에 붙어 버린다.
분노도 이와 같다.
오히려 평온한 마음을 불태워 버린다.
내 마음속에 미움을 없애면 분노는 쉽게 사라진다.
분노는 소용돌이치는 물결과 같아서 돌고 돈다.
한때 화가 났다 해도 그것을 마음에 깊이 쌓아 두지 마라.
그러면 마음이 상하지 않을 것이다.

숫타니파타

고난은 삶의 힘이다

사람이 역경에 처했을 때는 그를 둘러싼 환경 하나하나가
모두 불리한 것으로 생각된다. 그러나 사실은 그것들이 몸
과 마음의 병을 고칠 수 있는 힘과 약이다. 약이 몸에 쓰듯
이 고난은 잠시 몸이 괴롭고 마음에 쓰지만, 그것을 참고
잘 견디면 반드시 좋은 결과가 온다.

채근담

어떤 상황에 놓여 있더라도 실망하지 않고 긍정적인 마음으로
할 일을 다 한다면 결국에는 당신이 바로 주인이 된다.

경쟁자에게서 배워라

사업가들 중에는 경쟁자를 헐뜯고 얕잡아 보는 이들이 있는데 이는 잘못된 행동이다. 경쟁자를 칭찬하고 그들에게서 배워라. 일을 하다 보면 경쟁자의 장점을 본받아야 할 때가 있다. 경쟁자를 칭찬하면 그들도 당신을 칭찬한다. 아무리 경쟁자라도 훌륭한 점은 서로 본받는 것이 좋다.

 조지 매튜 아담스

경쟁이라는 자극이 없으면 삶은 참으로 지루할 것이다. 후회하는 사람은 이내 경쟁자를 비난하고 인정하는 사람은 이내 경쟁자의 장점을 찾을 것이다.

경청

어떤 사람은 대화의 기술에 대해 연구한다. 어떻게 대화의
기술이 시들어 가는지, 대화의 기술을 키우려면 무엇이 필
요한지 연구한다.

그러나 대화의 기술은 귀를 기울이는 데 있다. 훨씬 값진
기술을 가진 이들은 바로 훌륭한 경청자이다.

～ 말콤 포브스

사람들이 무엇인가를 얻기 위해 더 많이 가진 자들의 말에
귀 기울이지 않고 더 많이 아는 자들의 말에 귀 기울인다
면 이 세상은 얼마나 다른 세상이 되겠는가.

～ 윌리엄 J. H. 보엣커

당당하게, 자신 있게

운명을 겁내는 자는 운명에 먹히고,
운명에 부딪치는 사람은 운명이 길을 비킨다.
당당하게 자신의 운명과 부딪혀라!
그러면 물새 등 위에 물이 흘러버리듯
인생의 물결은 가볍게 뒤로 사라진다.

— 비스마르크

내가 가진 것들

내가 가지고 있지 않은 것을 가지고 있다고
생각하는 공상에 빠지지 말고

내가 가지고 있는 것들 중에서
가장 소중한 것을 생각하라.

만약 그것들이 나에게 없었다면
나는 얼마나 그것을 갈망했을 것인가
생각해 보고 감사하라.

어떤 이유로 그것을 불시에
잃어버리는 불행을 당하더라도
마음의 평화를 잃지 않도록 주의하라.

M. 아우렐리우스

보이지 않아도 드러난다

하루 착한 일을 하면 복은 나타나지 않지만 화는 스스로 멀어진다. 하루 악한 일을 하면 화는 곧 나타나지 않지만 복은 스스로 멀어진다.

착한 일을 하는 사람은 봄 동산의 풀과 같아서 자라나는 것은 보이지 않으나 날마다 더하는 바가 있다. 악한 일을 하는 사람은 칼을 가는 숫돌과 같아서 닳아 없어지는 것이 보이지 않지만 날이 갈수록 마모된다.

착한 일을 하면 신경 쓰지 않아도 이름이 자연히 따라온다. 이름이 이익을 바라지 않아도 자연히 돌아온다.

동악성제

하지 않으면 소용없다

다리를 움직이지 않고는 좁은 개울을 건널 수 없다.

소망과 목적은 있지만 노력하지 않으면 아무리 환경이 좋
아도 소용이 없다.

비록 재주가 뛰어나지 못하더라도 꾸준히 노력하는 사람
은 반드시 성공을 거두게 된다.

～ 알랭

열정을 피우는 꽃 12

12월

풍란 참다 : 만족(5일)

조팝나무 : 노력(7일)

헬리호트로프 : 성실, 헌신(9일)

베고니아 : 정중, 친절(14일)

은사철 : 지혜(17일)

산세비에리아 : 관용(19일)

네오레겔리아 : 만족(23일)

포인세티아 : 축복(24일)

유자나무 : 기쁜 소식(29일)

그릇의 쓰임새

매우 총명하다는 소리는 듣지만 얼굴이 못생긴 어떤 랍비가 어느 날 로마 황제의 딸을 만나게 되었다. 황제의 딸은 랍비를 보고 이렇게 비웃었다.

"그토록 총명한 지혜가 이런 못생긴 그릇 속에 담겨져 있군요."

그러자 랍비는 황제의 딸에게 궁중 안에 술이 있느냐고 물었다. 물론 공주는 술이 있다고 대답했다. 못생긴 랍비가 물었다.

"공주님, 궁중에 있는 술은 무슨 그릇에 담아두나요?"

"흔히 볼 수 있는 항아리나 술병에 담아두지요."

랍비는 실망스러운 표정으로 이렇게 말했다.

"위대한 로마의 공주같이 높고 훌륭하신 분께서 금이나 은으로 만든 그릇도 많을 텐데 하필이면 싸구려 그릇을 쓰십니까?

그러자 공주는 랍비의 말이 옳다고 생각하고 지금까지 쓰던 그릇들을 모두 금과 은으로 바꾸었다. 물론 술도 금과 은그릇 속에 옮겨 담았다. 그러자 술맛이 예전과는 달리 아주 이상하게 변하고 말았다.

"누가 술맛을 이렇게 만들었느냐?"

로마 황제가 크게 화를 내자 공주가 대답했다.

"싸구려 그릇보다 귀한 그릇 속에 술을 담아두는 게 낫다고 해서……"

공주는 황제에게 꾸중을 듣고는 랍비를 찾아갔다.

"당신은 어째서 나에게 잘못된 일을 하라고 했소?"

"나는 다만 공주님께 아주 값지고 귀한 것이라 해도 보잘 것 없는 그릇에 담아두는 것이 더 좋을 때도 있다는 사실을 알려주고 싶었을 뿐입니다."

탈무드

웃는 얼굴

햇볕은 누구에게나 따뜻한 빛을 준다. 사람의 웃는 얼굴도 햇빛과 같이 친근함을 준다. 인생을 즐겁게 살려면 찡그린 얼굴을 하지 말고 웃어야 한다.

— 슈와프

찡그리는 데는 얼굴 근육이 72개나 필요하지만 웃는 데는 단 14개가 필요하다. 슬픔과 고난이 있는 이 세상에서 우리를 강하게 살도록 만드는 것은 웃음과 유머밖에 없다. 참다운 유머는 지혜가 가득 차 있다.

— 마크 트웨인

좋을수록 어렵다

좋은 활은 잡아당기기는 어렵지만 높이 올라갈 수 있고 깊이 들어갈 수 있다. 좋은 말은 타는 것은 힘들어도 무거운 짐을 싣고 멀리 갈 수 있다.
재주가 뛰어난 사람을 부리기는 어려우나 윗사람을 이끌어 존재를 드러내줄 수 있다.

～ 묵자

쉽게 허락한 것은 반드시 신뢰성이 부족하고, 쉽게 하는 일이 많으면 어려움이 많이 따른다.

～ 노자

소통

사람들은 종종 미워합니다, 서로 두려워하기 때문에

사람들은 서로 두려워합니다, 서로 잘 모르기 때문에

사람들은 서로 잘 모릅니다, 소통할 수 없기 때문에

사람들은 소통할 수 없습니다, 나뉘어 있기 때문에

맨 처음 한 걸음을 옮기십시오.

계단 전체를 볼 필요는 없습니다.

그저 맨 처음 한 단부터 오르십시오.

마틴 루터 킹

크게 계획하라

크게 생각하고 목표를 높게 잡아라. 25년 뒤 그 계획은 평범하게 보일 것이다. 처음 생각했던 것보다 10배 정도 큰 계획을 세워라. 지금부터 25년 뒤 당신은 왜 50배 더 큰 계획을 세우지 않았을까 후회할 것이다. 더 멀리 내다볼수록 더 크게 이루어지기 마련이다.

— 헨리 커티스

작은 계획은 세우지 말라. 그것은 열정을 끓어오르게 하는 마법이 없다. 당신의 희망과 일의 목표를 높이 세워라. 큰 꿈만이 당신의 열정을 움직일 수 있는 힘이다.

— 데이비드 번햄

편견을 벗어 던져라

행복은 편견을 갖지 않는 데서 시작한다. 편견은 우리에게
서 행복을 빼앗아가는 주범이다. 사람들이 우리를 믿도록
만드는 것은 전적으로 우리의 몫이다.

 마담 드 샤틀레

의심을 품고 사물을 보면 그 결정은 옳다고 할 수 없다. 이미 마
음은 편견으로 정해져 있기 때문이다. 마음이 자유로워야 바르
게 판단할 수 있다.

마음이든 사물이든 무엇인가에 얽매어 있는 사람은 자유롭지 못
하다. 자유롭지 못하면 행복하지도 못하다. 우리가 편견에 사로
잡혀 있다면 우리는 불행하게 된다.

칭찬에 인색하지 마라

보통 사람들은 남을 칭찬하려 하지 않는다. 자신에게 이익이 되지 않는 일에 대해서는 결코 아무도 칭찬하지 않는다.

만일 당신이 사람들에게 비판하기 시작하면 당신은 그들이 하는 모든 일에 비판하는 자신을 발견할 것이다. 아무리 작은 칭찬이라도 칭찬은 좋은 것이다. 타인에게 칭찬하는 것은 당신의 행복을 증가시키는 것이다.

～ 노만 빈센트 필

지식 vs. 지혜

많이 배웠다고 뽐내는 것은 지식이요,

더 이상 모른다고 겸손해 하는 것은 지혜이다.

말하는 것은 지식이고 듣는 것은 지혜이다.

 윌리엄 쿠퍼

지혜 없는 지식은 두 배로 어리석다. 진정한 지혜는 지식의 최고
가치가 무엇인지 아는 것이다. 지혜 없는 지식은 책상 위에 놓인
많은 책들에 불과하다.

행복은 어디에 있는가

콜럼버스가 행복을 느낀 것은 그가 아메리카를 발견했을 때가 아니라 그것을 발견하고 있었을 때이다. 그의 행복이 가장 고조된 순간은 분명 신세계를 발견하던 바로 3일 전이었을 것이다. 선원들이 화를 내며 절망의 끝에 있을 때. 신세계는 없어도 상관없다. 문제는 과정이다. 결코 발견에 있는 것이 아니다. 끊임없이 찾아가는 과정에 있다.

도스토예프스키

내 것과 남의 것

남의 허물은 잘 찾아내지만 자기의 허물은 드러내지 않는
다. 남의 잘못은 가벼운 먼지처럼 날리나 자기의 잘못은
없는 듯이 말한다.

법구경

자기를 반성하는 사람은 닥치는 일마다 다 이로운 약이 되
지만 남의 탓을 하는 사람은 움직일 때마다 스스로를 해치
는 창과 칼이 된다.

홍자성

모르는 것이 있다면

학문을 하는 길에는 방법이 따로 없다. 모르는 것이 있으면 길을 가는 사람이라도 붙잡고 묻는 것이 옳다. 비록 아랫사람이라도 나보다 많이 알고 있으면 그에게 배워야 한다. 자신이 모르는 것을 부끄러워하여 자기보다 나은 사람에게 묻지 않는다면 이는 죽을 때까지 자신을 무지 속에 가두어 두는 것이다.

— 연암 박지원

구하라 그러면 얻을 것이다

타석에 들어서지 않고는 홈런을 칠 수 없고 낚싯줄을 물속
에 넣지 않고는 고기를 잡을 수 없으며 시도하지 않고는
목표를 이룰 수 없다.

캐시 셀리그만

구하라 그러면 얻을 것이요,
찾아라 그러면 보일 것이며,
두드려라 그러면 열릴 것이다.

마태복음 7장 7절

좁혀지지 않는 거리

그대는 인생을 사랑하는가?
그렇다면 시간을 낭비하지 말라.
왜냐하면 시간은 인생을 만드는 재료이니까.

똑같이 출발했는데 세월이 흐른 뒤에 보면
어떤 사람은 뛰어나고 어떤 사람은 낙오자가 되어 있다.
이 두 사람의 거리는 좀처럼 가까워질 수 없게 되었다.

이것은 하루하루 주어진 시간을 잘 이용했느냐
이용하지 않고 허송세월을 보냈느냐에 달려 있다.

벤자민 프랭클린

기회를 만들어라

현명한 사람은 기회를 기다리지 않고 기회를 만든다.
기회는 눈에 띌 때마다 놓치지 말고 잡아야 한다.
우리는 기회를 찾아내는 동시에 스스로 기회를 만들어내
지 않으면 안 된다.

프란시스 베이컨

어려우니까 힘드니까 손대지 못하는 것이 아니라 과감하게 도전
하지 않으니까 어려워지는 것이다.

스스로에게 엄해라

사마귀가 그 작은 몸으로 수레바퀴를 막으려다 눌려 죽은
것은 불가능함을 알지 못하고 자신의 힘만 믿기 때문이다.
삼가고 또 삼가라. 자신의 힘만 믿고 남을 해치는 사람은
사마귀가 수레바퀴를 막는 것과 다름없다.

거백옥

까치발을 하고 있는 사람은 오래 서 있지 못하고, 가랑이
를 쩍 벌린 사람은 걸을 수 없다. 스스로 나타내는 사람은
분명히 나타나지 않고, 스스로 옳다고 생각하는 사람은 남
에게 인정받지 못하다. 스스로 칭찬하는 사람은 그 공이
없고, 스스로 자랑하는 사람은 그 공이 오래가지 못한다.

노자

양보의 기술

자신이 원하는 것을 얻어내는 데는 양보보다 더 효과적인
방법은 없다. 양보는 상대방의 의지를 마음대로 좌지우지
할 수 있는 매우 효과적인 수단이다.
지혜로운 사람은 자신의 주장이 옳더라도 양보한다. 그러
면 사람들은 그의 주장이 옳다는 사실을 믿을 뿐 아니라
그의 배려를 더 높이 평가한다.

발타자르 그라시안

자물쇠가 필요한 이유

사람들은 집을 비울 때 자물쇠로 잠근다. 이것은 정직한 사람이 안으로 들어가지 않도록 하기 위해서이다. 만일 나쁜 사람이 그 집에 들어가 물건을 훔치려 한다면 문이 잠겼던 그렇지 않던 간에 집 안으로 들어갈 것이다.

하지만 문이 열려 있다면 정직한 사람이라도 한번쯤 안으로 들어가고 싶은 유혹이 들지 모른다. 그러므로 집을 비울 때 자물쇠를 잠그는 것은 정직한 사람에게 못된 유혹이 생기지 않도록 하기 위해서이다.

탈무드

아는 자의 침묵

아는 것이 없는 사람일수록 말하기를 좋아하고 아는 것이
많은 사람일수록 침묵을 지킨다. 아는 것이 적은 사람은
자신이 알고 있는 모든 것이 중요하다고 여겨 사람들에게
말하고자 하며, 아는 것이 많은 사람은 아직도 모르는 것
이 많다고 생각하기 때문에 필요한 경우가 아니면 말을 이
끼는 것이다.

루소

책 읽는 자세

책은 넓디넓은 시간이라는 바다를 가로지르는 배이다.
어떤 책은 그냥 훑어보면 되고 또 어떤 책은 이해하기만
하면 된다. 하지만 어떤 책은 매우 깊이 음미해야만 한다.
트집을 잡거나 반박하려고 책을 읽어서는 안 된다. 무조건
믿거나 인정할 생각으로 읽어서도 안 된다. 다만 깊이 생
각하고 깨닫기 위해서 읽어야 한다.

프란시스 베이컨

오래 묵을수록 좋은 네 가지

하나, 오래 말린 땔나무
둘, 오래 묵은 포도주
셋, 오래 사귄 옛 친구
넷, 오래 읽힌 고전들

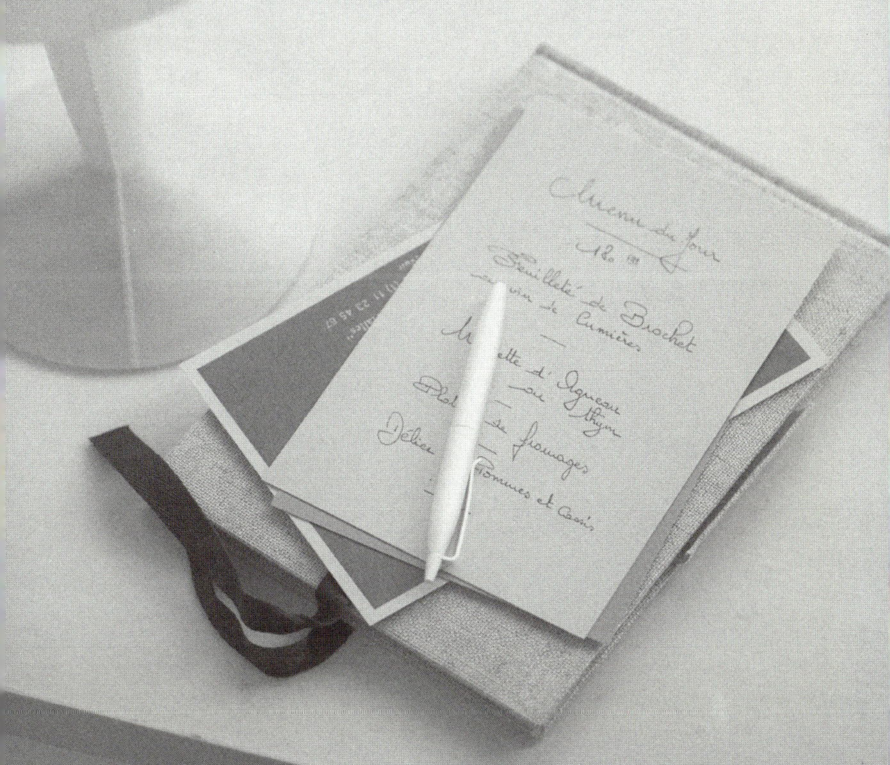

친절의 해법

자기에게 이로울 때만 남에게 친절히 대하지 말라. 인생이
풍요로운 사람은 이해관계를 떠나 누구에게나 친절하고
바른 마음으로 대한다. 왜냐하면 그 마음 자체가 나에게
따스한 체온이 되기 때문이다.

〜 파스칼

친절은 일상생활 속에서 온갖 모순된 문제들을 해결한다.
얽힌 것을 풀어주고 어려운 것을 수월하게 해주며 암울한
것을 기쁨으로 바꿔 놓는다.

〜 체스터 필드

사노라면

인생은 경주가 아닙니다.
누가 1등으로 들어오느냐가 아니라
얼마나 의미 있고 행복한 시간을 보냈느냐
그것이 바로 성공을 가르는 척도입니다.

이 세상 모든 일은 꿈과 희망이 있기 때문에
이루어지는 겁니다.
우리는 두려움이라는 홍수를 막아내기 위해
끊임없이 용기라는 둑을 쌓아야만 합니다.

목숨을 걸 만한 것을 아직 찾아내지 못했다면
당신은 제대로 된 인생을 살지 못한다.

마틴 루터 킹

지금 이 순간

과거는 과거다.

과거보다는 미래가 더 중요하다.

미래보다는 현재가 더 중요하다.

현재보다는 오늘이 더 중요하다.

오늘보다는 지금이 더 중요하다.

지금과 오늘을 소중히 여기고

이것이 자신을 위해 있다고 믿으라.

A. 모루아

사람들은 인생에 과거, 현재, 미래 세 가지밖에 없는 줄 안다. 하지만 존재하는 것은 지금뿐이다.

눈을 뜨자

아니, 누가 내 눈을 감겼단 말인가.

사물을 내 스스로 보지 못하고

남의 눈으로 보아온 잘못된 버릇에서 벗어나야 한다.

활짝 열린 눈에는 한 티끌도 없다.

내 눈이 열려야 세상을 받아들일 수 있다.

〜 아함경

여덟 가지 잘못

사람에게는 빠지기 쉬운 여덟 가지 잘못이 있다.

첫째, 자기가 할 일이 아닌 데 하는 것을 주책이라 하고,
둘째, 상대방이 부탁하지도 않는데 자신의 의견을 말하는
것을 망령이라고 한다.

셋째, 남의 비위를 맞추어 말하는 것을 아첨이라 하고,
넷째, 옳고 그름을 가리지 않고 마구 말하는 것을 분수에
맞지 않다고 한다.

다섯째, 남의 단점을 말하기 좋아하는 것을 고자질이라
하고,
여섯째, 사람들 사이를 갈라놓는 것을 이간질이라 한다.

일곱째, 나쁜 짓을 칭찬하여 사람을 타락시킴을 간사하다
고 하고,
마지막, 옳고 그름을 가리지 않고 비위를 맞춰 상대방의
속마음을 알아내는 것을 음흉하다고 한다.

뜻대로 행하라

자신을 다스릴 줄 아는 힘을 가진 사람이 가장 강하다. 할
수 있다고 믿는 사람만이 정복할 수 있다. 한번 실행해 본
사람은 다시 하기를 두려워하지 않는다.

～ 에머슨

꿈을 꾸는 것은 훌륭하지만 꿈을 실행에 옮기는 것은 더
훌륭하다. 신념도 강하지만 신념에 행동을 더하면 더 강하
다. 열망도 도움이 되지만 열망에 노력을 더하면 무서운
적이 없다.

～ 토마스 로버트 게인즈

고난이 닥치더라도

고난은 훌륭한 사람이 되는 길을 닦아주는 비와 삽이다.
비가 오도록 저주하는 많은 이들은 그것이 굶주림을 쫓아
내고 풍요로움을 가져온다는 것을 알지 못한다.

성 배즐

시련은 곧 당신을 찾아올 것이다. 너무 불쾌하지만 가능한
즐겁게 맞아들여라. 당신이 그것을 긍정적으로 받아들인
다면 그것은 빨리 떠날 것이다.

아티머스 워드

용서

용서는 단지 자기에게 상처를 준 사람을
받아들이는 것만이 아니다.
그것은 그를 향한 미움과 원망의 마음에서
스스로를 놓아주는 일이다.
그러므로 용서는 자기 자신에게
베푸는 가장 큰 베풂이자 사랑이다.

달라이 라마

변덕

마음을 따라 이리저리 흔들리지 않는다.

항상 마음을 잘 다스려서

부드럽고 순하고 고요함을 지니도록 한다.

마음이 하늘도 만들고 사람도 만들고

지옥도 만들고 천국도 만든다.

그러니 마음에 쫓아가지 말고

항상 마음의 주인이 되도록 애쓰라.

불반니원경

기쁨의 열매

눈물을 흘리며 씨를 뿌리는 자는 기쁨으로 거둘 것이요, 울며 씨를 뿌리러 나가는 자는 기쁨으로 열매를 거두어 돌아올 것이다.

～ 시편 126편 5~6절

때로는 맑은 날도 있고 흐린 날도 있다. 여름이 지난 후 항상 살을 에는 듯한 추위와 함께 겨울이 찾아온다. 그렇기 때문에 계절이 바뀔 때마다 걱정과 기쁨이 가득한 것이다.

～ 윌리엄 셰익스피어

열심히 싸워라

더 열심히 싸울수록 승리는 더욱더 영광스럽다. 우리는 손쉽게 얻은 것은 너무 가볍게 여긴다. 나는 근심 속에서도 웃을 수 있고 고통 속에서도 힘을 모을 수 있으며, 반성함으로써 올바르게 성장할 수 있는 사람을 사랑한다. 그러한 사람은 사소한 일에는 주눅 들지 모르나 그의 심장은 단단해질 것이고, 그의 행동은 양심에 따라 움직일 것이다.

〜〜 토마스 페인

빈손으로 왔다 가다

빈손으로 왔다가 빈손으로 가는 것이 인생이던가.
아! 이 몸은 무(無)에서 나와 무(無)로 돌아간다.
영혼이 일단 몸에서 떠나면 뼈만 땅 위에 버려지고
그나마 오랜 세월이 지나면 남은 것은 아무것도 없다.
그러나 영원히 사라지지 않는 것이 있으니
그대가 살았을 때 남긴 선의 흔적이다.

서경보

참고 견뎌내라

추위를 피하거나 더위를 피하는 사람은 점점 춥고 더운 것
을 이겨내지 못하고 그만큼 다른 면에서도 약해진다.
어떤 사람이든 추위와 더위, 배고픔과 목마름을 견디지 못
하고 힘든 일을 참고 이겨내지 못하면 그는 결코 인생에서
승리자가 될 수 없고, 그런 사람은 결코 빛나는 명성을 얻
을 수 없다.

～ 간디

인생1

근심 걱정 없는 사람 누군고
출세하기 싫은 사람 누군고
시기 질투 없는 사람 누군고
허물없는 사람 어디 있겠소.

가난하다 서러워 말고
장애를 가졌다 기죽지 말고
못 배웠다 주눅 들지 마소.
세상살이 다 거기서 거기외다.

가진 것 많다 유세 떨지 말고
건강하다 큰소리치지 말고

명예를 얻었다 목에 힘주지 마소
세상에 영원한 것은 없더이다.

잠시 잠간 다니러 온 이 세상
있고 없음을 편 가르지 말고
잘나고 못남을 평가하지 말고
얼기설기 어우러져 살다가 가세.

다 바람 같은 것이라오.
뭘 그렇게 고민하오

서산대사

이루고자 한다면

어려운 고비를 넘기면 쉬운 일이 생긴다. 신념이 확고하면 이루어지지 않는 일이 없지만 의심만 하고 있으면 되는 일이 하나도 없다.

포박자

한 가지 일을 반드시 이루고자 생각하면 다른 일로 하여 그 일을 그르치지 말고, 남의 비웃음을 부끄러워하지 마라. 바꾸지 않고서는 한 가지 큰일도 이루어지지 않는다.

요시다 켄코오

불길처럼 얼음처럼

사람의 마음이란 깎아내릴 수도 있고 추켜올릴 수도 있는 것이다. 따뜻함으로써 강함을 부드럽게 할 수 있고 강함으로써 이를 깎아내릴 수도 있다.

달면 불길처럼 뜨거워지고, 식으면 얼음처럼 차가워진다. 가만있으면 연못처럼 고요해지고, 움직이면 하늘까지 뛰어오른다. 사나운 말처럼 가만히 매어져 있지 않는 것, 이것이 곧 사람의 마음이다.

장자

운명이란

운명은 용감한 사람 앞에서는 약하고 나약한 사람 앞에서는 강하다. 운명은 재물을 빼앗아 갈 순 있지만 용감한 자의 마음까지는 넘보지 못한다.

자, 지금이야말로 마음을 굳게 먹고 지혜를 발휘하여 눈앞에 다가온 시련과 고난을 밀어내버리자. 우리를 지배하는 것은 우리 자신이다. 스스로의 힘을 굳게 믿고 나아간다. 만일 힘이 든다면 희망으로 두려움을 맞이한다.

세네카

가야 할 길

아랫자리에 있으면서 윗사람의 신임을 받지 못하면 사람
들을 부를 수 없다. 윗사람의 신임을 받는 데는 길이 있다.
친구의 신임을 받지 못하면 윗사람의 신임을 받지 못한다.
친구의 신임을 얻는 데는 길이 있다.
부모를 기쁘게 해드리지 못하면 친구의 신임을 얻지 못한
다. 부모를 기쁘게 하는 데는 길이 있다. 스스로 반성하여
성실하지 않으면 부모를 기쁘게 해드릴 수 없다. 자신을
성실하게 하는 데는 길이 있다.
무엇이 올바른지를 판단할 줄 모르면 성실해질 수 없다.
그러므로 성실해지려고 노력하는 것은 우리가 가야 하는
길이다.

맹자

늙음은 끝이 아니다

긍정적인 사람이 되고 싶다는 것은 젊게 살고 싶다는 것을 의미한다. 나이 드는 것의 즐거움을 아는 사람은 분명 젊은 시절 작은 기쁨에도 만족했을 것이다.

젤렛 버지스

사람들은 흔히 나이를 먹으면 포기할 것이 많다고 말한다. 그러나 나는 사람들이 포기하기 때문에 나이를 먹는다고 생각한다. 늙으면 인생의 즐거움을 알게 되고 삶에 대한 열망이 강해진다.

테오도르 프랜시스 그린

흔들리지 않는 신념

만일 내가 '나는 할 수 있다'고 믿는다면
나는 분명 그것을 해낼 만큼의 힘을 얻게 될 것이다.
비록 처음에는 그만한 힘을 갖고 있지 않다고 할지라도!

깊은 확신에서 비롯된 '아니요'는 단지 즐거움을 주려고,
상황을 악화시키려고, 혹은 문제를 회피하려고 하는 '네'
보다 낫다.

간디

덧없는 생각

덧없는 생각, 부질없는 생각은 하지 않는다.

그러면 마음이 넉넉하고 편안하리라.

덧없는 생각이란 무엇인가?

육신에 매달리는 것이 덧없는 것이요,

감각적인 쾌락에 매달리는 것이 덧없는 것이다.

보고 느낀 생각들이 덧없는 것이요,

자기 생각대로 사물을 판단하는 것이 덧없는 것이다.

잡아함경

인생 2

폭풍이 아무리 세도 지난 뒤엔 고요하듯
아무리 지극한 사연도 지난 뒤엔 쓸쓸한
바람만 맴돈다오, 다 바람이라오.

내 것이 아닌 것을 가지고 있으면 무엇 하리오
줄게 있으면 줘야지, 가지고 있으면 뭐하리오.
내 것도 아닌데… 잠시 머물다 가는 것일 뿐인데
묶어둔다고 그냥 있겠소.

흐르는 세월 붙잡는다고 아니 가겠소.
그저 부질없는 욕심일 뿐 삶에 억눌려
허리 한 번 못 피고 인생 계급장 이마에 붙이고
뭐 그리 잘 났다고 남의 것을 탐내시오.
훤한 대낮이 있으면 까만 밤하늘도 있지 않소.

낮과 밤이 바뀐다고 뭐 다른 게 있소.

살다보면 기쁜 일도 슬픈 일도 있다만은
잠시 연기하는 것일 뿐...
슬픈 표정 짓는다 하여 뭐 달라지는 게 있소.
기쁜 표정 짓는다 하여 모든 게 기쁜 것만은 아니오.

내 인생 네 인생 뭐 별거랍니까.
바람처럼 구름처럼 흐르고 불다 보면 멈추기도 하지 않소.
그렇게 사는 겁니다.

서선대사

장례식이 화려한 이유

사람과 사귐에 있어서 가장 해로운 것은 겉치레이다. 겉치레는 항상 눈에 보이기 마련이며 제일 바보스러운 것이다. 어리석은 사람은 자신이 사람들에게 주는 혐오감도 모른 채 자신의 존재가 모든 사람에게 호감을 받는 줄 알고 흐뭇해한다.

🖋 스피노자

장례식을 화려하게 치르는 이유는 죽은 사람의 명예 때문이 아니라 남겨진 사람들의 허영심 때문이다. 아무리 격렬한 감정도 때로는 우리를 쉬게 해주지만 허영심만은 우리의 마음을 결코 쉬게 하지 않는다.

🖋 라 로슈푸코

진실은 가까운 곳에 있다

진실은 언제나 우리의 가장 가까운 곳에 있다. 다만 사람들이 그것에 주의를 기울이지 않았을 뿐이다. 진실은 그 어떤 시련도 두려워하지 않는다. 항상 진실을 찾아야 한다. 진실은 늘 우리를 기다리고 있다.

— 파스칼

진실도 때로는 우리를 다치게 할 때가 있다. 하지만 그것은 곧 치료할 수 있는 가벼운 상처이다. 진실한 사람의 마음은 언제나 평온하다. 진실을 말할 용기가 없는 사람만이 거짓을 말한다.

— 앙드레 지드

실컷 울어라

사람들은 비누로 몸을 닦고 눈물로 마음을 씻는다.

우는 것을 부끄러워하는 사람은 기쁠 때도 정말 기뻐할 수
없다. 단지 기뻐하는 척할 뿐이다.

목욕을 하고 난 후 상쾌한 것처럼 울고 나면 기분이 맑아
진다. 신은 마치 마른 영혼에 비를 내리듯 인간에게 눈물
을 내리셨다.

 탈무드

우리는 눈물을 무의미하다고 여긴다. 심지어 우는 것을 부끄러
워하며 나약하다 생각한다. 울고 싶을 때는 마음껏 울어라. 한바
탕 실컷 울고 나서 다시 시작하면 그뿐이다.

위대한 도전

억수같이 쏟아져 내리는 빗물과 깊이를 모르는 강물이 바닷물의 맛을 조금도 바꾸지 못하듯, 거칠게 밀려오는 불행도 용기 있는 자의 의지는 꺾지 못한다.

비록 산 정상에 오르지는 못했다 하더라도 도전은 얼마나 대단한 일인가! 중도에 넘어진다 하더라도 성실하게 노력하는 사람들은 존경을 받는다. 큰 목표를 정해 놓고 자신이 가진 힘의 한계를 끊임없이 시험하는 사람이 인생의 진정한 승자이다.

세네카